KB114085

헬리오스 나인 1

한시랑 장편소설

초판 1쇄 찍은 날 § 2018년 4월 17일
초판 1쇄 펴낸 날 § 2018년 4월 24일

지은이 § 한시랑
펴낸이 § 서경석

총괄팀장 § 최하나
편집책임 § 신보라
디자인 § 신현아

펴낸곳 § 도서출판 청어람
등록번호 § 제387-1999-000006호
등록일자 § 1999. 5. 31
어람번호 § 제1-2873호

주소 § 경기도 부천시 부일로 483번길 40 서경B/D 3F (우) 14640
전화 § 032-656-4452 팩스 § 032-656-4453
http://www.chungeoram.com
E-mail § chungeorambook@daum.net

ISBN 979-11-04-91690-8 04810
ISBN 979-11-04-91689-2 (세트)

한시랑 장편소설

FUSION
FANTASTIC
STORY

헬리오스 나인

1

청람

헬리오스 나인

• Contents •

서장
오래전 멀고 먼 은하계에서

　태양은 끊임없는 플레어를 뿜어내며 9개의 행성에 에너지를 뿌리고 있었다.

　아홉 세계 중 고대에 미드가르드라 불리던 세 번째 행성.

　서력 2030년, 그 세계는 자멸에 치달은 종이 만들어낸 죽음의 섬광으로 모든 것이 무너져 내렸다.

　그리고 100년 후.

1장
B급 괴수

"빌어먹을! Y1 섹터에 B급 괴수는 없다며!"

격한 호흡을 내뱉은 대위는 후방으로 지원을 요청했다. Y1 섹터가 뚫리면 인천은 지근거리이다. B급 괴수가 인천까지 도달한다면 대학살은 불을 보듯 뻔했다.

거대한 코끼리 형상을 한 괴수는 30미터에 이르는 거대한 체구를 믿을 수 없을 만큼 날렵하게 움직이며 군용차로 짓쳐들었다.

정찰대를 후퇴시키며 각종 화기를 쏟아 부었지만 애초에 골판코끼리의 금속 갑각을 뚫어낼 수 있을 거란 기대는 하지도 않았다. 최대한 사선으로 군용차를 움직이며 끈질기게 시간을 지연시킨 결과 Y1 섹터의 인천 방향에서 십여 대의 탱크가 나타나 굉음과 함께 포탄을 쏘아대었다.

몇 발이 동시에 적중하여 괴수를 눕히자 괴수는 그야말로 광분하며 일어나 탱크를 들이받았다.

쿠앙!

십여 대의 탱크는 몇 분이 지나지 않아 산산조각으로 찌그러졌고, 멀리서 관측하던 대위는 망원경을 내리며 아득한 절망감에 휩싸였다.

"B급 괴수의 위력이 저 정도라니⋯ 대체 저걸 혼자서 잡은 남자는 얼마나 괴물인 거야?"

기갑부대의 전멸은 예정된 결과였다. 방위사령부는 처음부터 이를 예측하고 재빠르게 헌터 길드에 연락을 했고, 긍정적인 답변을 들을 수 있었다.

마침 준비가 된 파티가 있었으니까.

20인의 헌터가 벌쳐라 불리는 이륜 차량을 타고 나타났고, 그야말로 눈을 뜰 수 없을 정도의 속도로 공격을 가하기 시작했다. 화염과 번갯불이 번쩍였고, 몸집이 크게 부풀어 오른 헌터가 골판코끼리의 코를 붙잡아 땅에 박아 넣기까지 했다. 골판코끼리는 엄청난 피를 뿌리며 쓰러졌고, Y1 섹터에는 헌터들의 거친 숨소리만이 가득했다.

대위가 접근하자 헌터들의 리더로 보이는 30대 남성이 나섰다.

"발견은 그쪽이 했지만 우리가 잡았으니 괴수사체 법에 따라 우리가 권리를 가집니다. 이해하시죠?"

대위가 고개를 끄덕였다. 목숨을 건진 것만 해도 감지덕지이다.

그때 또 다른 벌쳐가 나타나 괴수 감정사와 괴수 중개인이 내렸다. 헌터 한 명이 괴수의 가장 약한 부분을 갈라 몸속에서 축구공만 한 크기의 황색의 딱딱한 기관을 꺼내 보여주었다.

괴수 감정사는 흐뭇한 미소를 지으며 말했다.

"역시 B급이라 그런지 라독이 크군요. 1만 명분의 해독제를 만들 정도입니다."

라독.

'Radiation Antidote'의 준말로 괴수의 사체에서 나오는 내장 기관의 이름이다. 인간에게 없는 방사능을 해독할 수 있는 기관으로, 방사능 해독제의 원료가 되기 때문에 인류의 생존에 반드시 필요한 물질이었다.

지구상의 모든 인류는 주기적으로 해독제를 복용해야만 살아갈 수 있었다.

"라독의 가격은 100억 원, 사체는 20억 원의 가치가 있습니다. 전량 중개인에게 매각하시겠습니까?"

감정사가 감정을 끝내고 빠지자 중개인이 나섰다. 괴수 중개인은 정부 기관 측 사람으로, 사체는 다른 브로커를 통해서 팔아도 되지만 라독만큼은 정부에 파는 것이 의무였다.

"운 좋게도 Y1 섹터 정도 거리라면, 사체 처리는 우리 측 업자를 써도 되니 라독만 매각하겠소."

중개인은 라독을 인수하고 리더의 인식표를 받아 전자화폐로 대금 지불을 완료했다.

감정사와 중개인이 사라지고 리더가 호출한 사체처리반이 대형 트레일러와 함께 도착했다. 사체처리반은 가장 먼저 괴수의 위장 근처의 광물 주머니를 열어 회백색의 무른 금속 덩어리를 빼내었다.

500kg도 넘어 보이는 양이다.

"대박입니다. 가득 차 있어요."

괴수의 몸에서 가장 돈이 되는 것은 라독이지만, 광물 주머니는 일종의 보너스였다.

일부 괴수는 스스로 뼈나 외피를 강화하기 위해 각종 광물을 합성해 강력한 합금을 생성해 내는데 자원 부족에 시달리는 인류의 입장에서 보자면 귀중한 물질이었다.

다만 광물 주머니가 가득 차면 괴수가 광물을 소화해서 분자 단위로 세포와 결합시키기 때문에 이렇게 광물 주머니가

고체로 존재할 때에만 획득하는 의미가 있었다.

리더는 고개를 끄덕이며 외쳤다.

"이것만 해도 20억은 되겠군! 내 벌쳐에 실어두게! 나머지 사체도 잘 부탁하지!"

괴수의 나머지 사체 역시 각종 의료 약품, 식량, 산업재 등의 원료가 되기 때문에 몹시 큰 가치가 있었다.

그렇게 헌터들이 사라지고 사체처리반이 분주히 움직이고 있는 것을 대위는 조용히 지켜보았다.

짧은 시간 안에 헌터들은 두당 6억 이상의 돈을 챙겼다. 박봉인 자신으로서는 10년을 모아도 힘든 거금이었다.

'이러니 그가 떠날 수밖에!'

괴수 사냥이 완전히 민간의 영역으로 넘어가고 군은 장벽 방위에 주력하는 게 지금의 상황이었지만, 2년 전만 하더라도 군에서도 괴수를 사냥하는 특수부대가 있었다. 부대라고 말은 했지만 사실은 한 명의 헌터를 다수의 특수병이 보조하는 형태였다.

그는 굉장히 특이한 남자였다.

그에게는 다른 헌터에게 있는 돌연변이 능력, 즉 이능력이 없었다. 그 때문에 그는 의무 입대를 했고, 우연한 기회에 괴수로부터 부대를 구한 뒤 곧바로 소령으로 진급했다.

사령부는 그를 철저히 검사했지만 그는 다른 헌터들과는

다르게 방사능으로 인한 돌연변이 유전자가 없었다.

헌터법에 의해 군 면제를 시킬 이유가 없었기에 사령부는 그를 이용해 특수부대를 창설하고 그가 의무를 마치는 5년 동안 미친 듯이 괴수 사냥을 시키며 부려먹었다.

그때 사체에서 나온 모든 이익이 사령부 윗선의 검은 돈으로 흘러간 사실은 공공연한 비밀이다.

'소령은 전역하고 종적이 묘연하다고 했지? 사령부가 어떻게든 찾아내려고 했지만 실패했고. 그는 과연 어디에 있을까? 어떻게 이능력도 없으면서 B급 괴수를 홀로 사냥한 거지?'

대위는 소령이 어디에 있든 결국은 헌터의 길을 가리라 생각했다. 그것은 또한 제3차 세계대전 후 가까스로 살아남은 인류의 생존에 꼭 필요한 일이었다.

사령부.

서울의 동쪽 잠실의 지하에 마련된 거대한 방공호 속에서 국토의 곳곳을 표시하는 디스플레이가 점멸했다. 통일한국의 전 영토는 물론이고 중국이나 일본까지도 표현된 수십 미터 크기의 정밀한 화면이었다.

김만력 준장은 쿠션감이 좋은 영국산 소파에 앉아 팔짱을 끼고 디스플레이를 응시했다.

과거 황해라 불리던 한국과 중국 사이에 끼인 광대한 구역은 100여 개의 섹터로 구분해 표현되어 있었다.

100년 전 사상 최악의 핵전쟁 후 핵겨울을 맞이한 지구는 생물 생존에 극한의 환경을 맞이했다. 전 지구적인 빙하기가 닥쳤고, 오염된 대지와 대기는 지구 자전과 함께 확산되었다. 핵폭발은 지구의 지각 이동을 촉발했고, 대륙이 바다로, 바다가 대륙으로 융기했다. 그렇게 70억 명에 달하던 인류는 96%가 절멸하고 3억 명만이 생존했다.

방사능에 대해 비교적 청정하여 인류가 살아남을 수 있는 지역은 극동아시아와 유럽 일부 지역에 한정되었다.

중국은 북경을 기준으로 서쪽 유라시아 대륙 대부분이 오염되었으며, 일본은 영토의 80%가 바닷속으로 사라졌다. 황해와 남해가 융기하여 대평원이 생겨남에 따라 한, 중, 일은 모두 육로로 연결되었다.

김만력 준장은 과거 인천 앞바다 지역인 Y1 섹터에 B급 괴수 신호가 사라지는 것을 보고 깊게 한숨을 내쉬었다.

괴수의 라독이 있기에 인류가 생존하는 것은 사실이지만 저렇게 강력한 괴물이 인구 밀집 지역에 어슬렁거리는 건 절대 사양이었다.

부관이 그에게 다가와 조용히 귀엣말을 건네자 김만력 준장은 깜짝 놀라며 벌떡 일어났다.

"정말인가? 종적을 찾았어?"

부관이 조용히 고개를 끄덕이자 김만력은 관제실 병사들의 시선을 의식하고는 사무실로 향했다.

　"자세히 보고하게."

　부관은 가슴에 품은 파일을 펼치고 그동안 2년이 넘도록 그를 그토록 힘들게 한 인물에 대해 브리핑을 시작했다.

　"권산 소령. 27세. 서울시 출생이며 가족은 17년 전 용산구 비행형 괴수 난입 사건 중 전원 사망 했습니다. 7년 전 의무 입대 전까지 10년간의 종적이 미상인 것으로 공식 자료에 나와 있지만, 2년간 그의 종적을 파헤치며 추가적으로 발굴한 자료에 의하면 그는 중국 북경 인근에서 10년을 보낸 것으로 보입니다. 중국 무술의 최고봉이라는 이광문에게 권술을 사사했고, 이후 여러 스승을 만나 가르침을 받은 모양입니다. 20세에 통일한국에 돌아와 입대했고, 이후 특수부대를 지휘하며 장벽을 공격한 괴수를 다수 제거하여 태극 훈장까지 수여받았습니다. 사령부의 만류에도 불구하고 2년 전 전역한 뒤에 정보원 요원들의 추격을 물리치고 완전히 증발한 것으로 공식 보고되었습니다만, 그는 밀입국 루트를 통해 일본의 현 수도인 교토로 가 있던 것 같습니다."

　"교토? 거긴 왜?"

　부관은 서류를 몇 장 넘기더니 해상도가 낮은 흑백 사진 한 장을 김만력에게 건네었다.

"좌측이 권산 소령이고, 우측은 사토 켄신이라는 인물입니다. 일본 검도계에서 전면에 드러난 인물은 아니지만 당대 최고수라는 평가입니다."

김만력은 100년 전 주인을 잃은 저궤도의 러시아 위성을 해킹하여 얻어낸 사진을 쓰다듬으며 뭔가를 음미했다. 양쪽의 인물 모두 검으로 보이는 길쭉한 뭔가를 들고 있었다.

"권 소령의 행동 방식에는 일관성이 있군. 배움을 위해 사토 켄신에게 갔든지, 아니면 그를 찾아가 꺾었든지 둘 중에 하나겠어. 내가 아는 그라면 이능력자를 제외하고 같은 인간에게 질 사람은 아니지."

부관은 고개를 끄덕였다. 권 소령은 그만큼 괴물에 가까운 인간이었다.

"이 정보를 제공한 정보사냥꾼에 의하면 그가 공식 루트를 통해 위조 여권으로 통일한국에 들어올 것 같다고 합니다. 그동안 사령부의 추적을 의식한 행보를 보인 그가 입국한다는 것은 자국 안에 어떤 목적이 있지 않을까 하는 추측입니다."

김만력은 애지중지 보관하고 있던 시가 하나에 불을 붙였다. 권산 소령을 자신의 휘하에 두고 싶어 하는 장군이 많았다. 모두 검은 속내가 있기 때문이다. 그렇지만 김만력은 그에게 속죄를 하고 싶었다. 그의 능력을 알아보고 특수부대를 창설했으며, 5년간 사지로 내몰아 사령부 윗선을 배불린 것은 바로 자신이었다. 아무리 의도가 좋았다고 해도 군의 일이라는 게 모두 그의 뜻대로 흘러가지 않았다. 시작이 어찌 되었든 결자해지를 해야 하는 것은 바로 자신의 몫이었다.

"부관, 그의 입국 장소와 시간에 대해 정보가 파악되는 대로 바로 알려주게."

3일 뒤.

김만력 준장은 남부 시찰을 핑계로 과거 한국 제일의 항구 도시이던 부산으로 내려와 있었다. 남해가 융기한 뒤로 내륙 도시가 되어버린 이곳에는 버려진 폐선들의 잔해가 곳곳에 방치되어 있었다. 부산항의 명물인 갈매기는 멸종한 지 오래되었고, 낡은 부두는 일본과의 교통망을 잇는 터미널로 개조되어 과거의 형태를 찾아보기 어려웠다.

김만력은 변복을 한 채 터미널 로비의 한쪽에서 남쪽 대평원을 응시했다.

부산과 시모노세키 간 거리는 250㎞. 대륙고속열차(CTX)로 주파할 시 1시간이 채 걸리지 않는 거리다.

한, 중, 일 3국 간의 물류 교통망을 연결하는 CTX는 출발 이후 시간대 별 열차의 위치를 시뮬레이션하여 괴수와의 이격 거리가 충분하다 판단될 때에만 운행되었다. 이는 노선 전체에 수천 개에 달하는 생물체 감지 센서를 심어놓았기에 가능한 일이었다. 이러한 이유로 괴수가 우연히 노선과 가까이에 있기라도 하면 CTX의 출발이 지연되는 일은 예사였다.

쿠아앙!

수많은 타이어가 강렬한 소음과 함께 지면과 마찰하며 전장 3백 미터에 달하는 거대한 장갑열차가 부산역에 들어서기 시작했다. 철로가 없는 대평원을 가로지르기 위해 타이어 바퀴를 이용해 제작된 열차였기에 궤간 간격이 표준화된 철로 폭을 맞출 필요가 없어 좌우가 굉장히 넓은 모양새를 가지고 있었다.

'이 장갑열차는 볼 때마다 장관이로군. 신칸센을 모티브로 일본 기술자들이 만들었다고 했나.'

장갑이 열리고 터미널에 준비된 크레인들이 컨테이너를 하역하기 시작하자 김만력은 승객들이 몰려나오는 출입국 심사대로 이동했다.

국가 간 이동이 극히 위험해진 지금 승객의 수는 그렇게 많지 않았다.

정보는 정확했다.

190㎝에 이르는 장신의 사내가 당당한 걸음걸이로 김만력의 앞으로 걸어왔다. 김만력은 저 모습이 참 권산 소령답다는 생각을 했다. 분명 출입국 심사 프로세스에는 그의 얼굴과 함께 조작된 범죄 기록이 등록되어 있을 것임에도 불구하고 심

사관 중 누구도 그를 제지하지 않았고, 그 이유는 필시 그의 자연스럽고 당당한 태도 때문이었을 것이다.

"받으시죠."

권산은 특유의 시원한 웃음을 내보이며 김만력에게 종이 백 하나를 내밀었다.

"뭔가?"

"마네키네코라고, 일본에서는 행운 고양이로 통하는 고양이 인형입니다. 손녀 주시라고 하나 사왔죠."

김만력은 그 순간 부관이 가져온 정보의 모든 출처가 권산이 의도적으로 흘린 것임을 깨달았다. 그 목적은 바로 자신일 터였다. 한마디로 말려든 것이다.

"별로 행운을 줄 것처럼 생기진 않았군."

"아니요. 분명 행운 고양이가 맞습니다. 적어도 장군은 오늘 죽진 않을 테니까요."

김만력은 허리춤에 감춰진 권총을 매만지며 권산을 쏘아보았다. 권산은 어깨를 으쓱하며 서류 봉투 하나를 김만력에게 내밀었다. 김만력은 몸의 긴장을 낮추며 손잡이를 놓고 서류 봉투를 받았다. 어차피 권산의 무술 실력이면 자신이 권총을 뽑아 들 시간에 최소한 10번의 치명타를 가할 수 있었다.

'이건…….'

빠른 속도로 서류를 읽는 김만력을 지켜보며 권산이 낮은 음색으로 말했다.

"나는 장군에게 그다지 악감정은 없소만 내게 뭔가 갚아야 할 게 있다고 생각한다면 그 정도는 해줄 거라 믿습니다. 최소한 한국 땅에선 그게 꼭 필요해서요."

권산의 요구는 신분 세탁이었다. 즉, 새로운 신분 기록과 범용으로 통용되는 전자 계좌 겸용 인식표였다. 그리고 한 가지가 더 있었다.

"이능력 유전자 증명서. 결국 헌터의 길을 갈 건가?"

"그럼요. 저도 먹고는 살아야 하니까요. 아시다시피 지금 세상에 그만한 돈벌이가 없는데 헌터법에 의하면 돌연변이 유전자가 없는 일반인은 괴수 사냥이 불법이잖습니까."

김만력은 서류를 챙기고 오른손을 내밀어 악수를 청했다.

"그냥 반가워서."

권산도 미소를 지으며 마주 오른손을 내밀어 힘차게 손을 흔들었다. 권산은 이내 손을 놓더니 김만력을 뒤로한 채 부산역을 빠져나가며 외쳤다.

"물건을 둘 장소는 봉투 겉에 쓰여 있습니다!"

2장
헌터 길드

　한 달 뒤 서울역.

　권산은 약속한 사물함에서 물건을 찾았다. 대전에서 출생한 고아 출신 권산이 이제 그의 새로운 신분이었다. 이름까지 바꾸진 않았다. 깨끗한 신분이 필요했을 뿐 어차피 자신을 아는 사람과 만난다면 이름을 바꾼들 소용없는 일이었다. 인식표를 챙기고 또 다른 서류인 '이능력 유전자 증명서'를 읽었다. 8세에 능력을 각성했으며, 가장 흔한 초능력 패턴인 육체 강화 계열 유전자가 확인되었다는 정부 측 증명서였다.

　'한 치의 실수도 없군.'

리스크를 감수하고 김만력에게 접근한 보람이 있었다. 자신이 아는 그라면 분명 도움을 줄 것이라 판단했다.

'장군까지 된 양반이 이리 마음이 약해서야 원.'

권산은 지하철을 통해 종로로 향했다. 극심한 자원난에 시달리는 형편상 민간인은 자가용을 갖기가 몹시 힘들었기에 공공 교통망을 이용하는 건 이 시대에는 일상적인 모습이었다.

국내 3대 헌터 길드 중 중부지방의 패자라 불리는 '이지스 길드'를 필두로 수십 개의 헌터 길드가 종로역 인근에 밀집되어 있었다.

헌터 길드는 이능력을 가진 헌터가 최적의 환경에서 생활하도록 각종 편의를 봐주는 것은 물론 사냥한 괴수의 사체 운송, 매각, 재가공 등을 주관해서 헌터가 최고의 이윤을 챙길 수 있도록 정부 기관이나 유관 업체들과 협상을 대행했다.

물론 이 과정에서 소정의 수수료를 떼어가긴 했으나 벌이가 큰 헌터들이 크게 신경 쓰는 부분은 아니었다.

무엇보다도 헌터법에 의해 괴수 사냥은 법인으로 등록된 헌터 길드에 가입되어 있는 헌터만이 가능한 것으로 규약하고 있었기 때문에 헌터업에 종사하는 모든 이능력자들은 길드에 가입해야만 했다.

권산은 높고 화려한 외관을 가진 '이지스 길드' 빌딩을 지나

쳤다. 이곳에서 자신 같은 '생초짜'를 받아줄 리도 만무하고, 설령 들어간다고 해도 강한 이능력자들의 틈바구니에서 제대로 대우를 받을 수도 없을 터였다.

권산은 수십 개의 중견 길드를 지나쳐 인사동 방향의 허름한 3층짜리 건물 앞에서 발길을 멈췄다. 건물 앞 볕이 잘 드는 곳에서 한 소녀가 땅이 꺼져라 한숨을 내쉬는 게 그의 발길을 붙잡은 것이다. 19세 정도는 되었을까. 유전자 변이에 의해서인지 머리카락이 밝은 보라색으로 변해 있었다. 이능력자들에게는 흔하게 관찰되는 외형적 특징이다.

건물의 전면에는 '현무 길드'라는 간판이 걸려 있었다. 이곳에 널리고 널린 소규모 길드 중 하나인 모양이다.

권산을 발견한 소녀는 전광석화와 같은 몸놀림으로 달려들어 그의 왼쪽 팔을 붙들었다.

"혹시 이능력자세요? 어머, 몸이 엄청 좋으시네요. 무소속 헌터시라면 최고의 대우를 약속드립니다. 자자, 안으로 들어가시죠."

권산은 소녀의 수다에 밀려 어어 하다가 길드에 발을 들이고 말았다. 그 순간 1층에 밀집한 수십 개의 시선이 그의 전신에 꽂혔다. 아무리 작은 규모라 해도 길드 운영에는 많은 일반인 인력이 필요하다. 괴수의 사체가 갖는 효용은 무궁무진했고, 이를 취급하려면 여러 방면의 전문가가 필요했기 때문이다.

'흠, 이 정도 규모라면 적당하려나.'

소녀는 권산을 접견실로 안내하고 음료수를 내왔다.

"저는 길드 마스터를 맡고 있는 차슬아라고 해요. 헌터님은 성함이?"

"권산이오."

차슬아는 박수를 치며 까르르 웃음 지었다. 권산은 뭐가 재밌기에 저러지 하는 눈길로 그녀를 쳐다보았다. 차슬아는 표정을 정리하고는 권산의 어깨를 주먹으로 툭툭 건드렸다.

"목소리가 너무 멋있으셔서 저도 모르게 그만… 흠흠. 우리 현무 길드는 소규모 길드이긴 하지만 역사가 깊기 때문에 자부심이 아주 강하답니다. 업계 그 어느 곳보다 저렴한 수수료를 자랑하고, 괴수 취급에 유능한 전문가가 많아요. 우리 길드원이 되신다면 후회하실 일은 절대 없을 거라 장담해요."

차슬아가 황금색 봉투에 들어 있던 계약 서류를 내밀자 권산은 찬찬히 서류를 훑어보았다. 과연 그녀의 말대로 수수료는 저렴했고, 소규모 길드인 것치고는 챙겨주는 것도 많았다. 문제는 왜 처음 본 자신에게 제대로 된 신분 확인도 하지 않고 이러한 조건을 제시하는가 하는 것이다.

"마음에 드는군요. 실례가 안 된다면 현재 소속된 길드원들의 등급 정보에 대해 알 수 있겠소?"

차슬아는 흠칫 놀라더니 한눈에 보기에도 안쓰러울 정도로 식은땀을 흘려대기 시작했다. 그녀는 입술을 꾹 깨물고 몹시 망설이더니 깊고 깊은 한숨을 내쉬며 사실을 털어놓았다.

"실은… 우리 길드에 전투가 가능한 헌터는 현재 한 명도 없어요. 바로 어제까지만 해도 하급 6명, 중급 3명, 상급 1명의 헌터가 있었지만… 빌어먹을 이지스 길드에서 모조리 스카우트해 가버렸다고요!"

차슬아는 점점 격앙되는지 두 주먹을 굳게 쥐고 부들부들 떨었다. 일주일 전에 Y10 지역에서 C급 괴수를 사냥하던 중 재수 없게 다른 괴수의 습격을 받아 하급 헌터 3명이 사망하는 불의의 사고가 있었다. 이후에 딴마음을 먹은 상급 헌터를 따라 모조리 길드를 옮겨 버린 것이다.

권산은 남모르게 한숨을 내쉬었다. 괴수 사냥은 절대 혼자서 할 수 없었다. 전투 자체는 가능할지 몰라도 전투 장소에 접근하는 다른 괴수의 접근을 감시할 보초도 필요했고, 돌발 상황에서 등을 지켜줄 후방도 필수였다. 과거 군에 있을 때는 특수병들이 그 역할을 해주었지만, 헌터들의 세계에서는 손발이 잘 맞는 동료 파티원들이 이를 수행해 주어야 한다.

권산은 자신의 인식표와 이능력 증명서를 차슬아에게 내밀었다. 어차피 길드가 망하면 헌터인 자신은 옮기면 그만이다. 일단 이 바닥에 발을 들이는 것 자체가 중요했다. 조건도 이

만하면 준수했다.

차슬아는 인식표와 증명서에 스캐너를 가져다 대었다. 다용도 스캐너는 인식표의 RFID칩과 문자 인식 모두가 가능했다.

"뭐야? 완전 깨끗해. 당신 병아리였어요? 이럴 리가 없는데."

병아리.

사냥 기록이 전혀 없는 완전한 초짜 헌터를 가리키는 말이다. 지금은 멸종하였고, 세포배양으로만 존재하는 닭이라는 조류의 새끼 시절 이름이었는데 풋내기 헌터의 관행어로 굳어진 지 오래였다.

차슬아는 아주 독특한 이능력을 가지고 있었다. 바로 사람을 보는 눈이다. 전투와 직접적인 관계는 없지만 상대가 얼마나 강한 전투 능력을 가졌는지 느낌으로 판별하는 능력이다.

그녀는 당연히 권산이 계약이 해지된 상급 헌터라고 생각했고, 그에 맞춰서 황금 봉투 계약서를 들고 온 것이다. 잠시 어안이 벙벙했으나 그녀는 이내 정신을 차렸다. 단 한 번도 그녀가 사람을 잘못 본 적은 없었다.

'병아리라고 해서 꼭 약하리라는 법은 없어. 그건 선입견이야.'

그녀는 그렇게 자신에게 암시를 주며 계약서의 사인을 교환했다. 헌터에게 많이 유리하게 작성된 황금 봉투 계약서를 내민 것은 억울하지만 어차피 조건을 높여서라도 헌터들을 받지 못하면 길드는 망한다.

"자택에서 거주하셔도 되지만, 별도로 길드에서 운영하는 합숙소에 계셔도 돼요. 어떻게 하시겠어요?"

"합숙소로 가겠소."

차슬아는 김포의 한 아파트 시큐리티 카드를 내어주었다.

"지금은 텅 비어 있어요. 200평짜리 아파트인데 1층에 식당도 있고 살기에는 괜찮을 거예요. 조만간 헌터들을 받으면 동료들이 들어갈 수 있으니 알고 계시고요."

김포는 서울권이긴 하지만 메마른 한강 길을 이용하면 괴수가 상시 출몰하는 황해 방향으로 쉽게 진입이 가능하기 때문에 헌터들이 밀집해서 거주하는 구역이다.

권산은 2년간의 일본 생활로 인해 모아둔 자금이 별로 남아 있지 않았다. 합숙소를 제공한다니 일단은 가기로 했다. 합숙소는 미션 발생 시마다 헌터들을 즉각 투입하기 위해 길드에서 마련해 주는 아지트의 성격이었는데 대개 시설이 열악하여 장기 거주 하는 헌터는 거의 없는 실정이었다.

개인 짐을 정리하고 김포의 합숙소로 가니 잔뜩 노후한 아파트가 그를 기다리고 있었다.

내부는 외장과는 다르게 그런대로 깨끗했고, 200평답게 넓고 개인 공간도 잘 구분되어 있었다. 바로 어제 헌터들이 집단으로 길드를 탈퇴했다고 하더니 이리저리 어지럽혀진 흔적들이 보였다.

그나마 깨끗해 보이는 방을 정하고 짐을 풀어 대강 정리를 하고 나니 초인종이 울렸다.

권산이 문을 열자 20대 중반의 늘씬하고 키가 큰 흑발 여성이 그를 올려다보고 있었다. 검은 뿔테가 인상적인 그녀는 한 손을 내밀어 악수를 청했다.

"권산 헌터님이시죠? 전담 서포터로 배속된 민지혜입니다. 들어가도 될까요?"

"그러시죠."

민지혜는 합숙소가 익숙한지 바로 테이블을 찾아 흔히 007가방으로 통하는 아타셰케이스를 올려두었다.

"제가 앞으로 헌터님과 길드 사이의 매니징 업무나 미션 배분, 회계 처리 등을 담당할 거예요. 그 외에도 미션 중에 원격으로 서포트도 하니 앞으로 제 목소리 들으실 일이 많으실 거예요."

민지혜는 이지적인 목소리로 본인을 소개했다.

"서울대 컴퓨터 공학 석사 출신이고, 길드에서 일한 지는 1년 되었어요. 민 실장으로 편히 불러주세요."

바로 어제 탈퇴해 버린 상급 헌터를 담당하던 그녀였기에 헌터를 붙잡지 못한 실책을 만회하려면 이 신입에게라도 최선을 다해야 했다.

그녀는 길드의 규칙이나 헌터들이 지켜야 할 법규를 정리한 서류를 건네었다. 국가가 헌터법이라는 특별법을 만들기까지 하며 괴수 사냥에서 얻어지는 막대한 이윤을 보장하는 등의 특권을 인정한 이면에는 통제가 불가능한 무력 집단에 대해 보이지 않는 관리를 하겠다는 목적이 숨겨져 있었다.

헌터가 저지르는 강력 범죄는 무조건 가중처벌되는 등 꼭 알아야 할 것들이 많았지만 이미 권산이 대부분 알고 있는 내용들이었다.

"사냥 시에 사용할 개인 보호구나 무기 같은 아이템들은 헌터님 스스로 구매하셔야 하지만, 기본적인 아이템은 길드에서 지급해 드려요."

민지혜는 먼저 안구에 착용하는 렌즈와 귀 뒤편에 붙이는 부착형 이어폰을 가리키며 말했다.

"증강 현실(Augmented Reality) 렌즈와 착용식 컴퓨터(Wearable Computer)예요. 일단 미션에 들어가면 무조건 착용하셔야 해요. 길드는 헌터님의 사냥 기록을 정부 헌터관리국 데이터베이스에 정기적으로 올려야 하기 때문이에요. 법적 사항이니 꼭 지켜주시고요."

권산은 양쪽 안구에 렌즈를 착용하고 오른쪽 귓불 뒤에 컴퓨터를 붙였다. 두 개의 기기는 근거리 통신으로 연결되며 부팅이 되었고, 권산은 민지혜의 머리 위에 그녀의 이름과 서포터라는 직책이 3차원으로 둥둥 떠 있는 것을 확인했다.

"실세계에 필요한 가상 정보를 3차원으로 겹쳐 보이게 하는군."

"네. 시연을 위해 제 정보를 등록해 두었어요. 그 렌즈를 통해 괴수를 보면 그것의 명칭, 등급 정보나 약점 같은 것을 알 수 있고, 렌즈를 통해 다른 헌터들을 바라보면 그들에 대해 헌터관리국에서 파악한 프로필 정보나 이능력 등급에 대해 알 수 있어요. 그 외에도 상당히 활용성이 높고 고가이니 잘 쓰셔야 해요."

권산이 감탄하며 고개를 끄덕였다.

군에서도 볼 수 없는 첨단 기기였는데, 역시 큰 자본이 흐르는 민간의 영역이라 그런지 장비들이 보통이 아니었다.

"또 내가 알아야 할 만한 것들이 있소?"

"헌터들의 아이템은 여러 체계의 이능력별로 방대하게 발전해 있기 때문에 앞으로 다른 동료들과 손을 맞추시려면 견문을 좀 쌓아두시는 게 좋아요. 쓸 만한 게 있으면 좀 사두시고요. 여기 명함 받으세요."

민지혜가 내민 명함에는 '김포 크래프트'라는 상호가 크게 쓰여 있었다. 헌터들의 아이템은 하나같이 고가인 데다 다품종 소량 생산이 기본이었다. 이러한 사유로 상당 부분이 수작

업으로 이루어지는데, 이 때문에 수공예에 능한 장인들이 집단으로 모여서 일을 하게 되었고 그러한 집단이 법인을 낸 형태를 '크래프트'라 칭했다.

민지혜를 보내고 김포 크래프트로 간 권산은 그 규모에 깜짝 놀라고 말았다.

김포 최대의 크래프트라더니 과연 명불허전이었다. 못해도 300명의 장인이 갖가지 분야의 아이템을 제조하고 있었고, 그 과정을 100% 공개하여 투명 창을 통해 볼 수 있었다.

"어떻게 오셨습니까?"

안내원이 묻자 권산은 헌터 자격증이 등록된 인식표를 내밀며 답했다.

"이것저것 좀 둘러보러 왔소."

안내원은 인식표를 스캔하더니 빙긋 웃으며 제품 진열 로비로 안내했다.

"육체 강화 계열의 초보 헌터시군요. 크게 무기류와 보호구류, 액세서리류로 구분되어 있습니다. 한번 보시죠."

멋진 인테리어의 진열대 안에는 각종 무기가 가득했다. 50㎝가량의 소검과 2m가 넘는 장검이 중세 스타일부터 군용 무기까지 종류별로 있었으며, 해머나 창, 활과 같은 고전적인 종류도 있었다. 도검류는 가장 대중적인 괴수용 무기였고, 창은 대형 괴수에게 관통 공격을 가할 때 유리하다.

활과 화살은 촉에 소형 폭탄을 달아 약한 부위를 관통시키면 큰 대미지를 줄 수 있지만 괴수용 활의 탄성은 일반인은 당길 수도 없을 만큼 엄청나다.

액세서리류는 반지나 팔찌류가 대다수였다. 항상 인식표를 목에 걸어야 해서 목걸이를 또 착용하면 불편하기 때문이다.

화염 계열의 사이킥 능력자들은 헬살라맨더라는 B급 괴수의 세 번째 눈알을 가공한 반지를 최고로 치는데 마침 여기 그게 있었다.

"화정의 반지… 10억 원이 넘는군. 공기 중 점화 기능에 화염 계열 사이킥 파장 증폭 기능이라……."

도검류가 1천에서 1억 원 사이의 가격인 것으로 비교해 보자면 액세서리가 얼마나 고가인지 감이 왔다.

권산은 가장 익숙하게 다루던 1천만 원가량의 장검 하나와 500만 원가량의 투창용 장창을 구매했다.

'D급 괴수용 크라늄 도금 창검 세트'였는데 지금 남아 있는 예산으로는 이 정도가 한계였다. 수백 종류의 무기와 보호구를 견식한 권산은 안내원에게 중장비 코너로 안내를 부탁했다.

크래프트의 뒷마당에는 10여 대의 벌처가 정렬되어 있었다. 공기의 저항을 최소화시키는 날렵한 디자인이었다.

이륜 차체에 최대 2인 탑승이 가능하며 1톤까지 적재 가능한 것이 표준 모델이었다.

이륜이긴 했으나 바이크와는 다르게 자이로센서가 내장되어 2개의 광폭 타이어만으로도 균형을 잡는 것이 특징이었다.

안내원은 가장 낡은 벌쳐를 가리키며 말했다.

"제법 연식이 된 차량이지만 V2 모델의 내구성은 정평이 나 있습니다. 매매가는 3천만 원입니다."

최신 기종에 비하면 반의반 값이지만 권산은 고개를 저었다. 벌쳐의 최고 속도는 비포장 노면에서도 300㎞/h에 이르지만, 척 봐도 10년은 되어 보이는 벌쳐가 그 속도가 나올지 의문이 들었다.

괴수 중에는 D급의 용각랩터처럼 200㎞/h로 달릴 수 있는 괴물이 많았다. 무조건 검증된 기종을 구입하는 것은 필수였다.

"벌쳐 외에 다른 건 없습니까?"

"파는 건 아니지만 어마어마한 게 하나 있죠. 원정 레이드를 벌이는 대형 길드에서 정비차 맡겨놓은 건데 한번 견식해 보시죠."

권산은 안내원과 격납고로 들어갔다.

"100인까지 탑승이 가능하고, 200㎞/h까지 주행 가능하며, 50톤의 화물을 적재할 수 있는 놈이죠. H100 모델의 호버크래프트(Hovercraft)입니다."

40미터급 호버크래프트엔 이지스 길드라는 문구가 선명하게 칠해져 있었다. 저 육중한 장갑과 내부의 쾌적한 시설을 생각하면 시가 200억 원이 아깝지 않을 듯했다. 군에서도 저런 공기 부양정을 본 적이 있지만 장갑이나 방어용 화기들, 생물체 감지 레이더 등이 이 호버크래프트와 비교할 순 없었다.

"멋지군요. 잘 봤습니다."

헌터들의 세상은 생각보다 방대했다. 민간인이라고 할 수 있는 헌터들에게 이만한 무력을 합법적으로 허용함으로써 국가가 얻는 건 무엇일까.

한국의 100 대 부자 중 헌터가 반이나 될 정도이니 정부가 거두는 세금도 막대하리라 생각되었다.

3장
사냥 의뢰

합숙소의 거실에 좌정한 권산의 몸에서 아지랑이와 같은 기류가 머리 위로 솟구쳤다. 근육질 상체의 크고 작은 상처 사이로 굵은 땀방울이 뚝뚝 흘렀고, 호흡할 때마다 입과 코에서는 푸른 안개가 일렁였다.

번쩍.

눈을 뜨자 언제 그랬냐는 듯 기운이 사라지며 깊은 안광은 점차 침전되었다.

무술의 천재.

스승인 이광문이 입버릇처럼 하던 소리다. 10세에 가족을 잃고 중국의 친척에게 의탁하던 시절 만난 스승은 이미 4명의 제자가 있었는데 다른 제자들을 넘어서는 데 5년, 스승을 넘어서는 데 10년이 걸렸으니 그리 틀린 말은 아니리라.

그러나 이 시대에 무술은 이능력자들의 전투 능력에 비하자면 잔재주에 불과했다.

스승은 50년의 고련 끝에 성명절기인 '용살기공'이 9성에 이르러 작은 암석 봉우리를 일 장에 무너뜨리는 수준에 이르렀으나 이는 암석의 결을 읽고 경을 침투시켜 기공을 격발하는 고도의 기예를 완성했기에 가능한 일이었다.

외형만 따지자면 상급 근접계 이능력자의 공격력보다 못했다. 별다른 노력도 없이 유전자 돌연변이에 의한 초능력 덕에 수 톤에 달하는 물리력을 가졌으니 한 푼의 힘으로 어떻게 하면 천 근의 힘을 낼 것인가를 궁리하는 5천 년 중국 무술이 번잡스럽고 쓸데없어 보이는 건 당연했다.

스승은 용살문의 맥이 당대에 끊어질지, 아니면 무술의 새로운 효용이 발굴되어 명맥을 유지할지를 권산을 통해 증명하기로 한 모양이었다.

'용을 죽이는 기술로 괴수를 상대한다.'

용살문의 무술 중 인간형 상대에게 적합하게 만들어진 연환권은 아예 배우지도 않았다. 일격필살의 강권만을 습득했으며 끝도 없는 좌선과 토납으로 내공을 다졌다. 무기술도 마찬가지였다. 검과 창을 배웠고, 10성에 이른 용살기공을 통해 무의 극의라 칭하는 강기의 유형화에 성공했다. 회상의 기억 속에 스승의 음성이 아련히 들려오는 듯했다.

"네가 이러한 경지에 이른 것은 너의 재질이 팔 할이요, 기공의 고절함이 이 할이다. 다만 용살검의 후반부 3초식이 핵전쟁 중 실전되어 더 이상 네게 길을 가르칠 방안이 없구나."

스승은 차선책으로 일본의 한 검도 명인을 소개했다.

사토 켄신.

사무라이 검술의 정점에 서 있는 검도가였다. 권산 정도로 뚜렷하진 않았으나 그 역시 시각화된 검기를 뽑아내는 경지에 올라 있었다. 10년 이상 그 상태를 담보하고 있었기에 그는 검기상인 단계의 검공에 대해 많은 노하우를 가지고 있었고, 권산은 2년간 그의 도움으로 불완전하게나마 용살검 후반 3초식을 복원해 내었다.

사토 켄신 역시 2년간의 담론으로 경지가 더욱 깊어졌음은 물론이다.

불완전하기 때문에 용살검 후반 3초식은 시전 후 혈맥이 굳는 부작용이 따라왔고, 다양한 방식으로 해결해 보려 해도 아직 답을 찾지는 못하고 있었다.

수련을 마친 권산이 막 샤워를 마치고 나오자 착용식 컴퓨터(WC)가 초록빛으로 점멸하고 있었다. 외부에서 누군가 신호를 보내는 것이다. AR렌즈와 컴퓨터를 착용하자 모르는 전화번호와 함께 수화기 모양의 아이콘이 시야에 들어왔다. 손으로 허공에 둥둥 떠 있는 수화기를 건들자 사각의 창이 뜨며 차슬아와의 화상 통화가 연결되었다.

―잘 지내시죠?

"그럭저럭 지내고 있소."

―렌즈와 컴퓨터는 여러 가지로 쓸모가 있어요. 저도 처음 쓸 때 보통 신기한 게 아니었다니까요.

차슬아는 주절주절 여러 가지를 떠들었으나 하도 말이 빨라 제대로 들리지 않았다. 짜증이 몰려올 무렵 그녀는 더 이상 생각나는 게 없는지 말을 흐렸다.

―아, 맞다. 제가 전화드린 이유는요, 헌터 한 명이 합숙소로 더 갈 거라서 알려 드리려고요. 박철순 헌터라고, 이 바닥에서 10년 이상 생존한 베테랑인데 구리 원소 통제 이능이 있어요. 수준은 중급이고요. 당분간 정부 쪽 미션은 없으니 그와 함께 간단한 사냥이라도 하면서 헌터업에 적응해 보시는게 좋을 거예요. 이만 끊습니다.

차슬아가 화상에서 사라지자마자 초인종이 울렸다.

'참 빨리도 알려주는군.'

문을 열자 제법 다부진 체구의 사내가 서 있었는데 30대 중반으로 보였다. 현역 헌터 중에 30대는 많지 않았다. 20대에 이능력은 절정을 찍고 30대만 되어도 약화되는 게 현실인 데다, 언제 죽을지 모르는 판이니 적당히 재산을 모았다 싶으면 은퇴하는 게 신상에 이롭기 때문이다. 간간이 노장 헌터들이 보인다 싶으면 필시 유흥이나 도박으로 재산을 탕진하고 어쩔 수 없이 돌아온 것으로 생각하면 틀림없었다.

"반가워, 난 박철순이다."

"권산이오."

둘은 거실로 들어와 자리에 마주 앉았다.

"이 바닥에는 처음이라고 들었는데 헌터관리국 데이터베이스에도 아직 정보가 없겠군. 한번 볼까?"

박철순이 오른손으로 권산을 가리키자 권산의 렌즈에 문구가 하나 생성되었다.

─사용자 정보 요청이 접수되었습니다. 공개하시겠습니까?

허락을 하니 박철순과 권산의 시야에 동시에 화면이 올라왔다.

[권산]

연령: 27

이능: 육체 강화

육체: No data

정신: No data

장비: No data

종합 등급: No data

"육체 강화라면 나와는 궁합이 좋군."

박철순이 나지막이 읊조렸다.

이번에는 권산이 박철순이 한 행동대로 손가락을 들어 가리키자 박철순의 렌즈에 요청 문구가 떴다. 그가 허락하자 권산은 그의 프로필을 볼 수 있었다.

[박철순]

연령: 35

이능: 원소 통제(구리)

육체: 60

정신: 80

장비: 40

종합 등급: 중급

100점 기준에 종합 점수 60점 이상이 중급으로 분류되는데 그는 장비 점수가 유독 낮아서 턱걸이로 중급이 된 듯했다. 박철순은 권산과 이러저러한 이야기를 나누다가 밤이 깊어지자 은근한 목소리로 제의했다.

"한잔하지?"

1층의 마켓에서 술이 들어오자 둘은 거나하게 마시며 이야기를 나누었다.

박철순은 술을 마시니 말이 점점 많아졌다. 방사능 병에 걸린 딸이 있어서 매달 엄청난 자금이 치료비로 들어간다고 했다. 통일한국뿐만 아니라 전 세계적으로 상당히 많은 수의 인구가 이 병으로 죽음에 이르고 있는 것이 현실이었다. 그만큼 핵전쟁이 인류에 미친 악영향은 현재까지도 계속되고 있었다.

피폭된 육체에 면역력이 떨어져 여러 가지 합병증을 유발하는 일종의 불치병으로, 라독을 통해 만든 방사능 해독제가 듣지 않기 때문에 라독 함량을 높인 특수 해독제로 생명을 연장하는 수준의 처방만이 가능했다.

박철순은 원거리 사이킥 공격이 가능하여 장비의 중요성이 낮기는 했지만 유독 장비 점수가 낮았던 이유가 이제야 이해가 되는 권산이다.

고가의 장비를 구매할 수 없을 정도로 병원비가 많이 들어가는 것이다. 안타까웠지만 박철순이 해결해야 할 일이었다.

다음 날 아침.

박철순과 권산은 커피를 마시며 첫 사냥에 대해 이야기를 나누었다. 경험이 많은 박철순이 의뢰 리스트를 뒤지며 입을 열었다.

"무작정 대평원에 나가면 죽는 건 시간문제야. 하나뿐인 목숨이니 괴수 서식지를 철저히 파악한 뒤에 어떤 등급의 괴수를 사냥할 것인가 정해야 하지. 이것 괜찮군. 한번 봐."

박철순이 손을 휘젓자 그의 시야에 있던 의뢰 창이 권산의 렌즈로 옮겨왔다.

[미완료 의뢰 1건]

의뢰자: 국립광학연구소

의뢰 내용: D급 벼락잠자리 눈알 100개 수집, C급 우두머리 벼락잠자리 눈알 2개 수집

보상액: 1억 원

"광학연구소는 주기적으로 저 의뢰를 하는데 무슨 3D 현미경인가를 개발하는 데 재료로 쓴다더군. 벼락잠자리는 개체별로는 크게 위협적이지 않지만 군집 생활을 하기 때문에 작전 없이 들이대면 위험할 수 있어. 다행히 나는 그놈과 상성

이 좋아서 제법 잡아본 경험이 있지. 어때, 해볼까?"

"좋습니다."

권산은 고개를 끄덕였다. 서식지가 꽤 멀리 있는지 권산이 직접 본 적은 없는 괴수였다.

"좋아, 장비 챙기자고."

박철순은 출발 전에 김포 크래프트에 들러 몇 가지 준비물을 벌쳐에 실었다. 그리고 일단 본인의 자금을 썼으나 사냥 후 철저히 셈하겠다는 말을 잊지 않았다.

2인용 벌쳐에 탑승하고 메마른 한강 길을 따라 하류 구역에 도착하자 대평원과 내륙을 가로막는 관문이 나타났다. 대형 괴수의 침입을 막아야 했기에 30미터 높이의 몹시 거대한 구조물이었다.

박철순은 관문 관리소에 들어가 익숙한 듯 몇 분 걸리지 않고서 레이드 신고를 했고, 관제실 직원 한 명에게 슬쩍 뒷돈을 찔러주고는 출력물 한 장을 얻어왔다.

"뭐죠?"

"현재 대평원에 나가 있는 헌터들 행적도야. 헌터들이 정리하고 지나간 루트를 이용하면 벼락잠자리 서식지까지 안전하게 갈 수 있거든. 우린 2인 파티라 목표가 아닌 놈들까지 상대하며 갈 여력은 없어."

박철순은 역시 베테랑다운 노련함이 있었다.

어떻게 도로도 제대로 없는 대평원에서 그렇게 길을 잘 찾는지, 관문을 통과한 뒤 괴수가 바글거리는 위험지역을 요리조리 피해서 남서쪽 방면으로 100㎞가량을 쉽사리 주행했다.

그러자 벌쳐의 GPS 화면에 Y6 섹터가 나타났다. 둘은 벌쳐를 엄폐하고 언덕길을 기어올라 거대하게 자라난 고사리 숲을 바라보았다. 마치 시간을 거슬러 고생대 한복판에 서 있는 느낌이 들었다.

메가우네라라고 하는 60㎝가량의 고생대 잠자리도 분명 거대한 것은 맞지만 벼락잠자리보다 상대적으로 작았다.

"한 마리씩 유인해서 처리해야 돼. 만약 두 마리가 한꺼번에 달려들면 이 특수 그물망 안에 숨자고."

박철순은 준비한 금속제 그물망을 이용해 A형 텐트를 치고, 구리 봉 몇 개를 허공에 띄워 텐트 가장자리마다 땅에 박았다. 구리라는 원소에 한정되긴 했으나 마치 염력과 같은 이능력이 무척 괴이하게 느껴졌다.

"놈들의 전격은 수천 볼트에 육박해. 원거리 무기를 쓰거나 근거리 무기를 쓰더라도 전격 더듬이는 절대 건드리면 안 돼."

권산은 컴퓨터로 벼락잠자리의 해부도를 불러왔다. 3차원 화면을 이리저리 굴려서 위쪽 가슴과 배의 갑각 틈새가 약점이라는 것을 파악했다.

박철순은 100미터쯤 떨어져 있는 벼락잠자리에게 구리 화살 한 발을 날렸다. 적중시키기에는 멀었지만 벼락잠자리의 주의를 돌렸는지 놈이 엄청난 속도로 날아들기 시작했다. 벼락잠자리는 입으로 얇은 실과 같은 액체를 뿌리더니 더듬이를 가져다 대었다.

그 순간 번쩍하는 빛과 함께 지지직거리는 아크 음이 공기를 울렸다. 권산은 빠른 몸놀림으로 전격을 회피하고 창봉으로 몸통을 후려쳤다. 3미터에 달하는 잠자리의 몸체가 움찔하며 파르르 떨었고, 그 순간 박철순의 구리 화살 수십 발이 하늘에서 수직으로 내리꽂혔다.

벼락잠자리의 날개 이곳저곳이 뚫리며 대지로 곤두박질쳤고, 권산은 미리 파악한 약점인 갑각 틈새에 창 촉을 관통시켰다.

케에엑!

잠자리가 죽자 박철순은 손톱만 한 라독을 빼내고 눈알을 도려내어 미리 준비한 용액 통에 담갔다.

"실력이 제법이군. 아무리 약점이라도 D급 괴수의 몸체가 보통 질긴 게 아닌데… 정확하고 망설임이 없어."

권산은 그저 어깨를 으쓱했다.

"같은 방식으로 한 번 더 가지."

박철순이 유인하고 권산이 몸통 공격으로 스턴을 걸면 구리 화살로 추락시켜 약점을 노출한 뒤에 찔러 마무리하는 패턴이었다.

박철순은 거점을 옮길 때마다 사체 장소의 좌표를 길드로 전송했다.

한 대의 벌처로는 벼락잠자리의 사체를 실어 갈 수 없었다. 가장 중요한 라독과 눈알만 채취하고 사체 운반은 길드에 일임하여 사설 운송 업체에 맡기든 정부 측 운송 기관에 맡기든 하는 것이 현명했다.

인천 환문에서 100㎞의 거리면 아무래도 정부 측 운송 기관이 일을 맡을 확률이 컸다. 수수료는 더 비싸지만 하는 수 없는 일이었다.

둘은 벼락잠자리 공략 패턴을 반복한 결과 50마리를 사냥하여 100개의 눈알을 확보했다. 문제는 C급인 우두머리 벼락잠자리를 어떻게 사냥하느냐 하는 것이다.

"우리가 수를 많이 줄이긴 했지만, 서식지의 중심지에 사는 우두머리 벼락잠자리를 공략하긴 무리야. 홀로 주의를 끌 방법이 없어. 이 정도에 만족하고 돌아가자."

박철순의 제의에 권산은 고개를 저었다. 50마리나 사냥하다 보니 나름대로 놈들의 습성이 파악되었기 때문이다.

"유인이라면 제가 해볼게요. 다만 비행 속도가 대단해서 여기까지 도망친 후 반격하기도 전에 전기 통구이가 되지 않을까 걱정입니다."

"그런 걱정은 붙들어 매라고. 이걸 봐."

박철순은 특수 그물망을 가리켰다. 둘의 호흡이 워낙 좋았기에 아직까지 한 번도 사용할 필요가 없는 물건이었다.

"저 그물망과 내 구리 봉만 있으면 수만 볼트 전격도 다 땅으로 흘려보낼 수 있어. 걱정 마."

권산은 등에 창을 메고 허리에는 검을 찼다. 고사리 숲의 높이는 10미터가 넘고 벼락잠자리는 대개 5미터 높이로 저공비행을 한다. 시야각은 굉장히 넓어서 360도를 볼 수 있지만 그만큼 집중해서 한곳을 보는 것은 아니었다.

권산은 고사리 머리의 움푹한 부분에 은폐하며 지나가는 벼락잠자리들의 관심을 피했다. 서식지의 중심으로 갈수록 수백 마리의 잠자리가 숲을 유영하고 있었고, 도저히 한 마리씩 상대할 수 없을 정도로 군집들이 빽빽해졌다.

'저건가?'

몸길이만 6미터, 4개의 거대한 날개를 가진 강력해 보이는 벼락잠자리가 눈에 들어왔다.

렌즈를 통한 화면으로 실시간 정보 조회를 하자 '우두머리 벼락잠자리'의 데이터가 올라오기 시작했다.

[우두머리 벼락잠자리]

등급: C

특수능력: 전격

생태: 군집

약점: 복부 갑각 틈(해부도 참조)

가치: 10억 원

약점은 벼락잠자리와 동일한 위치였지만, 보조 갑각이 몇 겹이나 더 몸체를 감싸고 있어서 쉽게 뚫을 수는 없을 듯했다.

권산은 가만히 때를 기다렸다. 혼자서 이 모든 벼락잠자리를 상대할 수는 없는 노릇이다.

마침내 많은 잠자리가 흩어지고 우두머리 벼락잠자리 외에 몇 마리만 남았을 때, 그는 등 뒤의 창을 들어 기공을 모아 전력으로 던졌다.

80미터를 날아간 창은 놀랍게도 우두머리의 약점에 정확하게 꽂혔으나 두꺼운 갑각에 튕겨져 나갔다.

쿠콰콰콰!

우두머리는 권산의 위치를 정확하게 포착하고 공기가 찢어지는 듯한 강렬한 날갯짓으로 짓쳐들어오기 시작했다. 권산은 잠깐 망설였으나 우두머리 외에 3마리의 벼락잠자리가 더 따라오고 있는 것을 보고는 뒤도 돌아보지 않고 박철순이 있는 곳으로 도망쳤다. 고사리 머리에서 머리로 쉴 새 없이 건너뛰었고, 살짝 뒤를 돌아보니 그 기세가 정말 매섭다 못해 살기가 등등했다.

'좀 위험한데.'

싸늘한 살기가 왼쪽 어깨 쪽을 향하자 권산은 왼쪽 어깨를 몸 쪽으로 당기며 한 바퀴를 회전했다.

번쩍.

콰지지지직!

우두머리 벼락잠자리는 놀랍게도 30미터의 원거리에서 전도성 액체를 뿜어내 전격을 쏘아 보냈다. 등에 눈이라도 달린 듯 좌우로 피해가며 전격을 피하길 수차례, 권산은 뛰어들듯이 특수 그물망 텐트로 들어갔다.

쿠콰콰콰!

공기가 아크에 찢어지는 소음과 눈부신 백광이 텐트의 밖을 밝혔다. 특수 그물망은 전격을 흡수해 땅에 박힌 구리 봉으로 방전했고, 텐트는 전도성 액체가 흘러들지 못하게 막아냈다.

"효과가 그만인데요."

"내가 고안했는데 어련하겠어? 그건 그렇고, 정말 우두머리를 끌어들이다니 제법인데? 보통 똑똑한 게 아니라서 말이지."

수만 볼트의 전격은 아무리 구리 봉에 의해 대지 방전이 되었다고는 하지만, 옷의 표면이나 피부, 머리카락 같은 곳에선 전하가 충전되는지 '따다닥' 하는 소음이 났다.

전격에 의해 그물망의 온도가 계속해서 높아졌고, 마침내 시뻘겋게 달아올랐다.

"큰일이군. 그물망이 더는 못 버티겠어. 역시 C급이라 다르긴 다르군."

"아니, 안전한 것 아니었어요?"

"우두머리는 나도 처음이란 말이야."

"그럼 어떡하죠?"

"그물망이 녹으면 우리는 죽은 목숨이야. 그 전에 가장 강한 기술을 쓰고 벌처까지 냅다 튀는 수밖에 없어."

권산은 한숨을 푹 내쉬었다. 박철순의 탓이 아니다. 괴수 사냥에는 언제든 변수가 나타난다. 그 결과가 헌터의 죽음이 아니길 바랄 뿐이었다.

둘은 그물망의 상태를 보며 타이밍을 맞췄다. 박철순은 수천 발의 구리 구슬이 사방으로 폭사하는 '폭동' 기술을, 권산은 용살검 후반 삼식 중 첫 번째 '초살참' 초식을 준비했다. 괴수 사냥에서 써보기는 처음이다.

"지금이야."

박철순의 신호에 맞춰 구리 구슬이 비산하고, 푸른색의 거대한 초승달이 찰나에 수평으로 그어졌다. 권산의 시야에서 보자면 공간이 반으로 나뉜 것과 같은 착각이 일어나는 호쾌한 수평 베기였다.

쿠웅!

털썩!

박철순은 뒤도 돌아보지 않고 벌쳐로 뛰다가 뭔가 사위가 조용해짐에 어색함을 느끼고 뒤를 돌아보았다.

"어?"

우두머리 벼락잠자리와 3마리의 벼락잠자리가 몸통이 반으로 갈라진 채 땅에 조각조각 흩어져 있었다.

조각난 몸통의 단면적이 유리의 표면을 보는 듯 매끄럽게 잘려 초살참의 절삭력을 잘 보여주고 있었다.

"권산, 너 무슨 짓을 한 거야?"

박철순은 손을 덜덜 떨며 권산을 천천히 가리켰다. 권산의 상체에서 땀으로 보이는 뿌연 수증기가 올라와 대기로 흩어졌다.

정말 말도 되지 않는 공격력이었다. 이건 상급 헌터 중에서도 수위권이라 할 만한 능력이었다.

권산은 대답 대신에 우두머리의 눈알을 수습했다. 축구공만 한 눈알 두 개와 주먹만 한 라독을 빼내었다.

"다 끝났으니 돌아가시죠."

박철순은 한동안 멍한 눈빛을 감추지 못하고 그런 권산의 뒷모습만을 바라보았다.

　현무 길드.

　차슬아는 디스플레이를 응시하며 두 주먹을 불끈 쥐고 부들부들 떨었다.

　"대, 대박! 대박이다!"

　디스플레이에는 권산이 구사한 기술에 의해 단번에 조각나 버린 우두머리 벼락잠자리의 사체가 잡히고 있었다.

　권산이 합숙소로 돌아오고 난 뒤 보내온 사냥 기록이었다. 박철순의 노련함도 기대 이상이었지만, 권산의 어마어마한 마지막 기술은 상급 헌터라 해도 믿을 정도였다.

　차슬아는 자신의 감이 이번에도 적중했음을 깨달았다. 이 기록을 헌터관리국에 신고하면 권산은 최소한 종합 등급이 중급으로 상향될 것이다.

　어쩌면 상급도 가능할지 몰랐다. 적어도 몇 번의 사냥만 더 거치면 상급으로 올라가는 건 시간문제였다.

　상급 헌터가 있는 길드와 없는 길드는 정부에서 받는 미션의 질이 천지 차이였기 때문에 길드의 번창은 따 놓은 당상이었다.

　디스플레이는 계속해서 돌아가고 있었다.

　두 사람은 인천 관문에서 괴수 중개인을 만나 채집한 라독을 매각했고, 국립광학연구소의 직원에게 획득한 '벼락잠자리 눈알'을 넘겼다.

C급의 우두머리 눈알까지 받을 줄은 몰랐는지 직원의 눈이 휘둥그레지는 것이 생생히 보였다. 직원으로서도 뜻밖의 성과 일 것이다.

'라독으로 10억, 의뢰비로 1억, 사체비로 2억을 벌었네. 사체 운송비로 정부 측에 8천을 주면, 휴, 길드 수수료는 2천만 원 밖에 안 되네.'

거리가 좀 가까운 경우 민간 운송업자를 쓰면 운송비를 타 협할 수 있었겠지만 정부 기관은 여지가 없었다.

사체를 헌터가 직접 운송하지 않고 좌표만 지정하는 경우 를 좌표 운송이라고 하는데, 통상 사체비의 50%를 길드에서 받았다.

어떤 식으로 사체를 운송해서 50% 중 얼마를 길드의 몫으 로 남길지는 오로지 길드의 역량이라고 할 수 있었다.

'휴, 우리 길드도 대형 길드처럼 운송 팀이 있으면 좋을 텐 데. 그럼 리스크가 좀 있더라도 원거리 운송도 해볼 만할 텐 데.'

일명 중소 길드의 설움이었다.

헌터가 많고 사냥하는 괴수의 수가 많으면 이른바 규모의 경제가 작용하기 때문에 운송 팀을 운용할 여력이 있다.

물론 현무 길드의 처지로는 불가능하지만.

'그래도 이제 시작이야.'

두 주먹을 불끈 움켜쥔 차슬아였다.

4장
연합 레이드

[권산]

연령 : 27

이능 : 육체 강화

육체 : 90

정신 : 60

장비 : 30

종합 등급 : 중급

권산은 첫 사냥 후 헌터관리국의 정보가 갱신된 것을 확인했다. 어떤 기준으로 점수를 매기는지는 알 수 없었으나 어느 정도는 신뢰성이 있는 것으로 인정받았다.

'육체 능력 90이라… 초살참이 그 정도 수준이라는 것이겠지.'

그렇다면 육체든 정신이든 90이 넘는 이능력자는 초살참에 준하는 공격력을 가졌다고 봐야 한다.

첫 번째 사냥으로 권산은 자신의 몫으로 배분된 6억 원 중 박철순에게 준비비 분담금 2천만 원을 건네었다. 헌터들은 목숨으로 돈을 버는 사람들이니만큼 계산이 철저하기로 유명했다. 남은 5.8억 중 세금으로 30%인 1.8억 원이 인출되었다. 잔액 중 1억 원으로 V2벌처 최신 기종을 구입했으며, 2억 원을 더 들여 '무라사키 장인검 3종 세트'와 '티타늄 장창' 다섯 자루를 구입했다.

김포 크래프트에는 본인의 이름을 걸고 제품을 파는 숙련된 장인들이 몇 있었는데 무라사키는 그중 특히 유명한 장인이었다. 그의 집안은 일본에서 수백 년 동안 대장간을 대물림해 왔지만 지각변동에 의해 관동 지방이 바다로 사라진 뒤로는 한국에 넘어와 살고 있었다.

권산이 그의 이름을 처음 알게 된 것은 2년 전으로, 그의 윗대가 사토 켄신의 검을 만들었기 때문이다.

권산이 구입한 3종 세트는 소, 중, 대 사이즈로 구분되어 있었고, 대검은 2미터에 육박했다. 괴수용 검이 아니고서야 쓸모가 없는 크기이리라.

권산은 첫 사냥 후 보호구의 중요성을 절감했다. 기를 집중해 피부를 강화하는 '경기공'을 구사할 수는 있었지만, 그건 짧은 시간 동안 특정 부위만을 강화시킬 수 있었다. 괴수에게 포위라도 당하는 날에는 보호구가 없으면 눈먼 공격에 당할 수 있었다. 특수부대 시절에는 헌터가 자신 혼자였기에 철저히 단독 생태의 괴수만을 상대했는데, 벼락잠자리 사냥으로 다 대 다 상황에서는 무엇이 중요한지 깨달은 것이다.

1억 원을 써서 '블랙코모도 가죽 갑옷'과 '접이식 세라믹 방패'를 구입했다. 모두 중급 수준의 제품으로 갑옷은 파충류 계열 괴수의 독액에 부식되지 않는 특징이 있고, 방패의 재질은 그리 단단하지 않지만 내열 및 부도체 특성 덕에 화염과 전격 계열의 방어에 탁월했다.

합숙소에는 두 명의 헌터가 추가로 들어왔다.

놀랍게도 한 명은 권산도 TV를 통해 간혹 보아온 얼굴이었다. 짙은 선글라스로 얼굴의 절반을 가린 20대 초반의 미녀는 통일한국 3대 재벌인 진성그룹 총수의 막내딸이었다. 좋은 혈통을 물려받은 덕에 오밀조밀한 이목구비에 늘씬한 몸매가 인상적이었다. 돌연변이 유전자가 발현되어 금색의 머리칼을 가진 그녀는 돈이 궁한 사람도 아니었던지라 험한 '헌터업이 아닌 연예계에 데뷔하여 수많은 남성 팬을 자랑했다.

"흥! 두고 봐. 이 조그만 길드에서 당당히 성공해서 아버지에게 보여줄 테니까. 제임스 너도 아버지에게 연락하기만 해봐!"

제임스는 진성그룹에서 이미나에게 붙인 경호원이다. 영국인인 그는 상급의 이능력을 인정받아 유럽 길드에서 은퇴한 뒤 진성그룹에서 고액의 연봉을 받으며 일하고 있었다. 그러다 졸지에 이미나의 가출 사건에 휘말렸지만.

권산은 티격태격하는 둘을 보며 컴퓨터를 조작하여 가상 키보드를 띄웠다. 오른손으로 키보드를 눌러 문자를 타이핑했다. 서포터인 민지혜에게 보내는 SMS였다. 그동안 몇 차례 연락을 나눠 제법 편하게 말을 주고받았다.

[민 실장, 차슬아 마스터가 무슨 생각으로 저 여자를 받은 거지?]

보내자마자 거의 동시에 답장 문자가 도착했다.

[적응 못 하고 나가면 계약 해지 위약금을 받아도 좋고, 잘 적응만 해주면 그래도 헌터인데 파티에 도움이 되겠죠.]

길드의 관리자 마인드는 확실히 현장의 헌터와 상충되는

부분이 있었다. 손발이 안 맞는 동료는 없느니만 못하다는 게 권산의 생각이다. 민지혜의 문자가 연이어 다시 도착했다.

[이미나는 하급이지만 경호원인 제임스는 이미 유럽에서는 유명한 변신 계열 상급의 이능력자예요. 이미나가 없으면 그가 우리 같은 작은 길드에 들어올 리 없잖아요.]

권산은 렌즈를 통해 두 사람의 정보를 열람했다. 이미나는 아예 공개 모드로 해두었는지 곧바로 창이 열렸고, 제임스는 그를 힐끗 보더니 손을 움직여 승인했다.

[이미나]
연령 : 21
이능 : 방어막
육체 : 30
정신 : 60
장비 : 80
종합 등급 : 하급

이미나는 사냥 경험은 없었으나 방송을 통해 이능력을 선보인 적이 많아서 데이터가 등록되어 있었다. 방어막 이능은 처음 접하는 것이라 조금 관심이 갔다.

[제임스]
연령 : 29
이능 : 변신(동물계)
육체 : 95
정신 : 85
장비 : 85
종합 등급 : 상급

'변신이라… 동물계이니 동물에 가깝게 몸을 바꾸는 이능이겠군.'

무술의 시초도 인간보다 우월한 동물의 움직임을 따라 한 역사가 있다. 지금은 멸종한 유인원인 고릴라만 해도 그 강력한 근력과 유연성은 인간이 당해낼 만한 것이 아니었다.

제임스는 권산과 비슷할 정도의 장신에, 몸무게는 120kg에 육박할 만큼 장대했다. 프로 레슬러라고 해도 부족하지 않으리라.

박철순이 나서서 둘을 맞았다.

"자자, 신입들이 들어왔으니 술 한 잔씩 하면서 통성명하지.

나는 박철순이야. 나이가 많아서 합숙소 대장 노릇을 하고 있지."

박철순이 악수를 위해 손을 내밀었지만 미나는 탁자에 선글라스를 벗더니 합숙소를 휘휘 둘러보았다. 박철순은 무안하여 손을 거둬들였고, 미나는 적당히 깨끗해 보이는 방에 자리를 잡았다.

"뭐 엄청 더럽진 않으니깐 이 정도로 살아주지. 빨리 돈 모아서 나가자, 제임스."

제임스는 잠깐 박철순과 권산을 돌아보더니 미나의 옆방으로 들어갔다. 권산은 절로 한숨이 나왔다.

'저런 싸가지가.'

완전히 무시하고 싶었으나 파티원이 4명뿐인데 어떻게 무시한단 말인가. 민지혜 실장의 말처럼 헌터는 아무리 약해도 없는 것보다는 낫다. 2인 파티로는 가능한 레이드에 몹시 제약이 있었다.

"권산, 차차 나아지겠지. 괜찮은 건수 하나 물어왔으니 이거나 한번 봐."

박철순은 아예 그룹 창을 생성하여 지근거리 헌터로 잡히는 권산, 미나, 제임스를 모두 초대해서 레이드 정보를 띄웠다.

[연합 레이드 모집 1건]

모집자 : 금강야차 길드

모집 내용 : B급 칼날코브라 사냥을 위한 주변 지역 정리 4개 파티 모집

보상액 : 공략 성공 시 파티 당 1억 원 지급

B급의 칼날코브라는 대군락 생태의 괴수인데 사냥이 어려운 이유는 엄청난 수량의 E급 새끼코브라와 군락을 형성하고, 그러한 지근거리 군락과 어떠한 네트워크로 연결되어 있었다. 증명되진 않았지만 특정 페로몬을 공기 중으로 퍼뜨려 간단한 의사소통을 하는 게 아닌가 하는 추측이었다. 한쪽 군락이 공격을 당했을 경우 사방의 군락에서 지원병을 보내오기 때문에 반드시 사방을 방어해 주는 헌터 파티가 필요했다. 코브라의 정보를 살펴본 권산은 고개를 끄덕이며 입을 열었다.

"새끼코브라 방어 정도야 형하고 나하고만 해도 충분할 것 같지만, 수백 마리가 사방에서 몰아치면 누군가 등을 봐줘야 할 텐데 2명으로는 무리고 4명 모두가 가야겠는데요."

박철순도 같은 생각이다. 그룹 창에 동의 여부를 물으니 곧바로 미나는 동의했고 제임스도 연이어 동의를 했다. 깊게 생각한 건지 귀찮아서 늦게 동의한 건지는 알 수 없었지만.

박철순은 금강야차 길드에 모집 참가 신청을 했고, 상급 헌터가 있어서인지 바로 승인되었다.

다음 날.

미나는 벌쳐가 없었다. 재벌 딸이라서 당연히 최신 기종으로 한 대 있을 줄 알았던 박철순은 다시 한번 한숨을 내쉬었다. 사실 그녀는 급하게 가출하느라 돈이며 장비며 제대로 된 것이 없었다. 갑옷이나마 입고 있는 게 다행일까.

"좀 태워줘요, 대장 아저씨. 근데 나는 이쪽 아저씨가 더 맘에 드니까 이쪽으로 탈게요. 괜찮죠?"

미나는 권산의 벌쳐 뒷좌석으로 쏘옥 들어갔다. 제임스는 자연스레 박철순의 차지가 되었다.

인천 관문을 50여 대의 벌쳐가 빠져나갔다. 120km 거리의 Y11 섹터로 떠나는 금강야차 길드의 연합 레이드였다.

권산은 벌쳐 조종이 처음이었으나 군용차와 그렇게 다르지 않아 어렵지 않았다.

"권산 씨, 나 TV에서 봤죠?"

미나가 운전을 하고 있는 권산의 어깨를 톡톡 건들며 물었다. 보통 자신을 보면 일반인이든 헌터이든 남자이기만 하면 난리 법석인데 권산의 무심한 태도는 영 마음에 들지 않았다.

"몇 번 봤어."

"그럼 아무렇지도 않을 리가 없는데. TV보다 실물이 더 낫지 않아요?"

"괴수도 그렇게 생각하면 좋겠군."

말문이 막힌 미나는 얼굴의 반을 가리는 선글라스 속에서 미간을 팍 찡그렸다.

'뭐야. 이상한 쪽에 취향 있는 건가?'

행렬은 중간에 마주치는 괴수는 가볍게 정리하며 마침내 목적지에 도착했다. 낮은 관목과 자갈이 많은 평야 지대였다. 금강야차 길드는 그 이름답게 스님 출신의 이능력자가 많았는데 과연 이번 레이드의 리더도 민머리에 검은 갑옷을 입은 스님이었다.

"금강야차 길드의 레이드에 협력해 주신 4개 길드원들 모두 잘 싸워주시리라 믿습니다. 각 파티에서 방어해 주셔야 하는 코브라 괴수의 이동 동선을 예측한 지도를 보내 드릴 테니 레이드가 끝나면 우리 쪽 신호에 맞춰 이곳에서 다시 만나도록 합시다. 적탄은 성공, 흑탄은 실패입니다. 나무아미타불."

리더 스님은 작성한 지도를 운집한 70명의 헌터들 컴퓨터에 전송했다. 현무 길드의 담당은 북측 지역이었다. 금강야차 길드원 40명이 목적지로 떠나고 남은 헌터들은 4군데로 갈라져서 자리를 잡았다.

적당한 퇴로에 벌쳐를 몰아두고 박철순이 좌중을 둘러보며 말했다.

"저 작은 협곡만 틀어막으면 북측 군락 전체가 중앙 군락과

분리되는 구조야. 버티는 게 중요한 사냥이니 방어막 이능력이 중요할 것 같은데."

미나가 선글라스를 옷에 걸어두고 두 팔을 활짝 펴며 외쳤다.

"보면 깜짝 놀랄걸요! 하앗! 실드!"

미나의 외침과 함께 허공에 은은한 녹색 빛이 어른거리는 육각면체가 합성되었다. 평평한 육각 면의 방패로 미나의 상체를 가릴 정도의 크기는 되었다.

그때 박철순은 느닷없이 가지고 있던 구리 봉으로 미나의 보호막을 후려쳤다.

징징징.

보호막은 충격을 흡수하고 쉴 새 없이 진동했으나 깨질 것처럼 보이지는 않았다.

"꺄악! 아저씨, 뭐 하는 거예요?"

보호막이 깨지면 이능력자도 정신력이 흩어지며 충격을 받는다. 제임스가 슬쩍 미나의 뒤편으로 바짝 다가섰다.

"워워, 그냥 테스트였다구. 실드의 순도는 확실히 제법이네. 한번 광역 보호까지 해보겠어?"

육각 면은 방어막 발현 패턴 중에 흔하게 보이는 형상이다. 박철순은 과거 이러한 육각 면 여러 개를 이어 붙여서 파티원 전체를 보호할 만큼 거대한 방어막을 구사하는 이능력자도 본 적이 있었다.

"저는 한 개밖에 안 되는데요?"

"뭐! 그럼 이건 개인 보호막 정도밖에 안 되잖아."

박철순은 이마를 딱 쳤다. 어이가 없는 것이다. 다른 공격 능력이 있는 것도 아니고 보호막도 개인용밖에 안 되면 파티 사냥에 데리고 올 이유가 없는 것이다.

"누굴 뭐로 보는 거예요? 목표 보호도 되거든요."

미나는 허공에 육각 실드를 띄운 뒤 박철순의 전면으로 이 동시켰다. 한 번 생성한 실드를 제어해서 이동한다는 것은 견 문이 넓은 박철순도 듣도 보도 못 한 이능이었다.

"뭐, 뭐야? 그게 왜 움직여?"

자신만만해진 미나는 실드를 이리저리 움직였고, 실드는 반 경 30미터 내라면 자유자재로 이동했다. 그러다가 실수로 권 산을 향해 실드를 휘둘렀고, 권산은 가볍게 방어 동작을 했다 가 3미터나 밀려나는 낭패를 당했다.

"공격도 되잖아? 이거 꽤 쓸 만한데, 미나?"

이능력 자체의 수준은 낮았으나 효용이 좋은 케이스였다.

중앙 군락에서 아련하게 전투의 소음이 들려오자 박철순은 협곡에 수백 개의 구리 스파이크를 뿌렸다. 땅을 기어오는 코 브라의 특성상 이렇게 하면 이동속도를 줄일 수 있었다.

잠시 후. 엄청난 흙먼지와 함께 2미터 길이의 새끼코브라

무리가 새까맣게 몰려오기 시작했다.

권산은 티타늄 장창 다섯 자루 전부를 땅에 꽂고 무라사키 대검을 꺼내 들었다.

그때 박철순이 소리쳤다.

"모두 갑옷의 안면 보호구를 써!"

코브라의 원거리 독액이 눈에 들어가면 바로 실명이었다. 최소한의 보호를 위해 이 정도는 필수였다.

박철순은 벌써 수백 발의 구리 화살을 사용했다. 새끼코브라는 스파이크를 깔아뭉개고 동족의 시체를 타고 넘으며 계속해서 몰려들었고, 근거리에 들어오자 권산이 대검을 휘두르며 검의 무게와 원심력을 이용해 일검에 3마리의 새끼코브라를 토막 냈다.

권산은 지능적으로 사체를 이용해 벽을 쌓으며 거침없이 검을 휘두르다가 창을 꽂아놓은 장소에 이르자 대검을 땅에 꽂고 창을 이용해 새끼코브라의 머리를 찔렀다. 두부가 몹시 단단하고 몸놀림이 민첩하기 그지없었으나 권산의 창은 거침이 없었으며, 창격은 몹시 정교했다.

다섯 자루의 창 모두 새끼코브라의 머리를 꿰어 땅에 박아넣자 일종의 장벽이 형성되며 공격이 느려졌다. 여유가 생긴 권산은 남은 공간을 바라보았다.

쉴 새 없이 날아드는 독액은 육각 실드가 날아다니며 의외로 잘 막아냈고, 시야가 확보된 박철순이 구리 봉을 휘둘러 코브라의 머리를 으깼다.

제임스는 간혹 박철순이 버거워할 때만 변신한 오른팔을 휘둘러 넘어오는 코브라를 후려갈겼고, 발톱에 당한 건지 3조각으로 갈라지며 피를 뿌렸다.

레이드는 안정적이었다. 지형적인 유리함 덕이다.

얼마나 되었을까. 어림잡아 사냥한 새끼코브라가 2백 마리가 넘자 중앙 군락에서 흑색 신호탄이 하늘로 올랐다.

"레이드가 실패했다. 탈출하자."

박철순의 판단은 빨랐다. 하나라도 어긋나면 목숨이 위험한 것이 이쪽 업계였다. 제임스는 어리벙벙해 있는 미나를 옆구리에 끼고 벌처로 뛰었다. 권산도 티타늄 장창은 포기하고 대검만 겨우 챙겼다. 넷은 벌처에 탑승하고 박철순의 라이딩을 따라 진로를 잡았다.

―제길. 포위되고 있어.

벌처의 무전 스피커로 박철순의 고함이 들려왔다. 반경 100미터의 생명체를 인식하는 벌처의 단거리 레이더에 새빨간 점들이 급속도로 늘어났다. 점점 코너로 몰리는 느낌이다. 중앙 군락의 공략이 실패하자 북쪽 군락의 코브라 무리가 역으로 지원을 요청한 듯했다. 금강야차 길드는 보나마나 전멸했으리라.

박철순은 길드로 구조 요청을 보냈고, 유일한 탈출로 방향으로 벌처를 몰았다.

ㅡ포위 공격을 받으면 못 버텨. 진지를 구축해야 해.

이윽고 육중한 바위가 가득한 산정에 올랐고, 넷은 다급히 사인을 맞춘 대로 움직이기 시작했다. 제임스의 두 눈이 붉게 달아오르더니 온몸에서 털이 나며 근육이 부풀었다.

3미터의 장대한 괴수가 그 자리에 나타났다.

웨어베어.

인간의 몸에 곰의 특징이 입혀진 동물계 변신 이능이었다. 제임스는 닥치는 대로 바위를 붙잡아 벌처 주변으로 벽을 쌓기 시작했다. 대형 크레인으로나 들어 올릴 만한 거석을 쉽게 옮기는 게 과연 상급 헌터다웠다.

권산은 벽을 쌓는 것을 돕기보다는 대검을 들고 비탈을 달려 내려갔다. 시간을 끄는 게 더 낫다고 판단한 것이다. 박철순은 어깨에 제법 중한 상처를 입은 데다 구리 화살이 소진되었고, 미나는 장기간의 전투로 정신력이 흩어졌다. 지금으로선 자신과 제임스가 버텨주는 수밖에 없었다.

독니를 앞세우고 달려드는 새끼코브라의 목을 쳐대길 수십 번, 온몸은 날아든 독액으로 엉망진창이 되어 있었다.

블랙코모도 갑옷이 아니었다면 이미 부식되어 구멍이 뚫렸을 터이다.

권산은 고지대의 지형적 유리함을 유지하며, 측면으로 파고 드는 놈들은 바위를 걷어차 막아내었다.

점차 한계에 다다르고 있었다. 더구나 멀리서 보기에도 압도적인 크기의 뱀이 다가오고 있었는데 금강야차 길드가 사냥하다 실패한 B급의 칼날코브라인 듯했다.

─권산, 돌아와. 진지가 완성됐다.

권산은 박철순의 신호가 있자 큰 각도로 대검을 휘둘러 육편을 떨쳐내고는 뒤로 몸을 뺐다. 짧은 시간 동안 제임스는 층층이 바위를 쌓아 입구를 제하고는 사방을 철통같이 틀어 막았다.

권산이 들어오자 제임스는 마지막 바위를 막았고, 코브라 무리는 격노하며 몸을 부딪쳐 왔지만 바위는 파편만 날릴 뿐 꿈쩍도 하지 않았다.

"휴, 한숨 돌리겠군. 수고 많았어, 제임스."

제임스는 여전히 변신을 유지한 채로 미약하게 고개를 끄덕였다. 박철순은 입구의 바위를 점검하며 고개를 내저었다. 그야말로 죽을 뻔한 것이다.

"당장 죽지는 않겠군. 정말 이상해. 사방 군락의 코브라가 모두 몰려온 것 같잖아."

박철순의 말대로 이토록 빨리 포위되어 궁지에 몰리다니…

정말 운이 없는 건지 아니면 무슨 이유가 있을 듯했다. 권산이 사방을 둥둥거리는 바위의 진동을 느끼며 모두에게 이야기했다.

"칼날코브라가 오고 있는 걸 봤습니다. B급의 파괴력이면 이 진지도 버티기 힘들 거예요."

"이런 제길."

그때 모두의 렌즈에 민지혜의 화상이 뜨며 그녀의 목소리가 들려왔다.

―조금만 더 버티세요. 이지스 길드에 구원 요청을 했어요. 운이 좋았습니다. 인접한 곳에서 사냥 중이던 원정 파티에 연락이 닿았어요. 예상 도착 시간은 5분 후입니다.

화상이 지지직거리며 버티다가 끊어졌다. 진지의 암벽이 무선 신호를 막아 신호가 약해지는 모양이었다. 부착식 컴퓨터의 약한 신호는 벌처의 무선 중계기를 거치며 증폭되어 길드로 송출되는데 벌처가 진지에 들어와 있어서 신호 전송에 장애가 생긴 것이다.

"아저씨, 나 죽는 거 싫어. 싫다고."

이미 정신력의 과도한 소모로 비몽사몽인 미나였다. 더 이상의 전투는 무리였다. 권산은 주저앉아 있는 미나를 들어 벌처의 뒷좌석에 앉혔다.

"안 죽어. 지원이 오고 있으니 조금만 쉬고 있어."

벌쳐의 단거리 레이더에는 진지 주변에 새빨간 점들이 가득했다가 일거에 빠져나가며 큰 점 하나만 남고 모두 사라졌다.

─치칙. 생존자들, 들리나? 이지스 길드다. 우리 호버는 그 산을 못 올라간다. 산 아래에서 견제해 안전지대를 만들 테니 여기까지는 자력으로 와라.

권산과 제임스는 눈을 마주쳤다. 시간을 끌면 이지스 길드가 퇴각할 것이고, 그렇게 되면 이곳에서 뼈를 묻을 수밖에 없다.

"나갑시다."

"그러지."

박철순은 남은 십여 발의 구리 화살을 손에 쥐었다. 권산은 대검을 쥐고 중검을 어깨에, 소검을 허리에 착용했다.

크아앙!

제임스가 포효와 함께 입구 바위를 밀고 셋은 진지 바깥으로 뛰쳐나왔다.

'흐음.'

몸길이 10미터도 넘는 거대한 코브라는 그야말로 날카롭게 벼린 칼날 같은 비늘을 가지고 있었다. 더구나 사전에 조회한 해부도와는 다르게 하나의 머리가 아니라 두 개의 머리를 가진 변종이었다.

"이두 칼날코브라라니, 신종이다. 등급을 알 수가 없어."

두 개의 머리 모두 많은 상처를 입은 게 금강야차 길드가 얼마나 분전했는지를 보여주었다. 제임스는 네 발을 이용해 코브라의 오른쪽으로 돌아갔고, 권산은 좌측면을 노렸다. 박철순은 구리 화살 한 발을 고도로 제어해 눈알을 노렸으나 놈이 눈꺼풀을 감자 그대로 튕겨 나고 말았다.

'제길, 내 공격력으로는 못 뚫는다.'

칼날코브라도 박철순의 공격에 위협을 못 느꼈는지 양쪽 머리가 권산과 제임스를 각각 바라보며 독 기운이 가득한 숨결을 내뿜었다.

그야말로 지독한 독 안개가 고압으로 분사되어 바위를 녹이고 있었다. 직격되면 갑옷이고 뭐고 통째로 녹아버릴 터였다. 둘은 각자 빠른 몸놀림으로 회피한 후 몸통을 베었다. 칼날 형상의 비늘이 터져 나가고 시뻘건 피가 솟구쳤으나 육체가 어찌나 질긴지 대검이 박히자 뺄 수가 없었다.

'검기를 바로 써야 했나.'

권산의 내공도 3할 수준으로 떨어졌다. 용살검법의 검기 공격을 하자면 최소한 5할은 남아 있어야 했다.

제임스의 금속 성분의 발톱도 코브라의 몸통을 사정없이 난도질했으나 약점에 들어가는 공격이 아니었는지라 코브라는 사방으로 몸통을 틀며 독 숨결을 뿌려대었다. 제임스의 변신체는 파워가 가공할 만했으나 따로 갑옷을 입을 수가 없었기 때문에 독 안개를 피하는 데 사력을 다할 수밖에 없었다.

'본래 약점은 목 밑의 비늘에 숨겨진 신경선인데 이놈은 두 개의 머리가 따로 의식이 있는 것 같다. 머리 하나를 잡아도 몸통이 계속 움직이면 몸을 빼기도 전에 당한다.'

용살검 후반부 초식이라면 두 개의 머리와 몸통을 단숨에 날려 버릴 수 있었지만, 내공이 8할은 남아 있어야 가능한 일이었다.

'통천권으로 승부를 본다.'

권산은 음성인식으로 컴퓨터에 괴수의 심장 위치를 표시하도록 명령했다. 렌즈 화면에 심장으로 추정되는 붉은 구체가 칼날코브라의 몸통 깊숙한 곳에 박동하며 표시되었다.

"제임스, 3초만 붙잡아요."

권산은 중검과 소검 모두를 몸통의 힘줄이 있을 만한 위치에 꽂아 넣고 심장 쪽으로 달려갔다. 제임스가 낮게 슬라이딩해서 독 안개를 피하고, 양손의 발톱으로 양쪽 머리가 나뉘는 부분에 각각 박아 넣자 코브라의 몸통이 움찔하고 느려졌다.

'뇌신!'

권산은 임맥의 6개의 혈도를 비전의 방식으로 자가 점혈 하고 기를 주천시켰다. 남은 내공은 3할, 뇌신의 비전이 가동되자 순식간에 6할로 내공이 증폭되었다. 용살문의 비전기공은 죽음이 목전이 아니면 시전하지 말라고 할 만큼 몸에 돌아오는 반작용이 큰 기술이다.

무에서 유가 만들어지는 게 아니다.

육체라는 그릇이 가지고 있는 잠재력을 격발해 원천의 2배로 내공을 증폭시키는 방식이었고, 지속 시간은 10초였다. 10초가 지나면 원천의 내공까지 소진되며, 증폭한 기의 양에 따라 혈맥이 굳어져 당분간 기공을 사용하지 못하게 된다. 실로 양날의 검이 아닐 수 없었다.

쿵!

내디딘 진각에 암반이 10㎝는 파였고, 그 진동이 무릎과 허리, 어깨를 거치며 회전력이 입혀졌다. 인간이 가진 골격과 근육, 자세와 타이밍이 모두 최적의 형태로 갖추어졌다. 이보다 더 완벽할 수 없는 기계적인 자세는 강력한 발경이 되어 괴수의 몸체에 일권으로 작렬했다. 오른 주먹에 부딪친 비늘에서는 눈부신 황금빛 기운이 터져 나오다 이내 괴수의 육체 속으로 스며들었다. 통천권 특유의 침투경은 박동하는 심장까지 도달하여 강력한 소용돌이로 변해 폭발했다.

이두 칼날코브라의 몸체가 들썩거리며 허공에 떴고, 두 개의 머리는 힘을 잃고 혀를 빼문 채 땅에 고개를 처박았다.

'뭐지, 이 반탄력은?'

통천권이 완벽하게 들어갔으나 마지막 순간 꽤나 강력한 반탄력이 느껴져 혈맥이 뒤집힐 뻔한 권산이다. 이런 느낌은 스승과의 대련 때 느낀 기공의 충돌과 몹시 흡사했다.

권산은 너덜너덜해진 몸통을 헤집어 라독과 광물 주머니, 그리고 심장의 파편을 꺼내었다. 심장의 파편에서 적녹색을 띠는 손톱만 한 보석이 나왔다. 약간의 내기를 주입하자 확실히 반탄력이 느껴졌다.

"대단해, 권산. 이놈을 주먹으로 잡다니, 대체 그건 무슨 기술이야?"

박철순이 물어왔지만 온몸이 파김치가 된 권산은 대답할 기력도 없었다. 손짓으로 대충 무마하고 벌쳐를 끌고 와 무기와 수확물을 실었다. 제임스는 어느새 변신을 풀고 다가와 엄지를 추켜올렸다. 박철순이 벌쳐에 올라타며 외쳤다.

"자, 빠져나가지!"

두 대의 벌쳐가 하산하자 평원에서 엄청난 화기를 쏟아부으며 새끼코브라를 견제하던 호버크래프트 한 대가 후면 해치를 열었다. 벌쳐 두 대가 격납고에 들어오자 해치를 닫은 호버크래프트는 전력으로 속도를 올리며 사냥터를 이탈했다.

"휴, 겨우 살았군."

일행은 벌쳐에서 내린 뒤 다가온 1남 1녀의 이지스 길드원을 바라보았다. 혈맥이 굳어가는 권산은 홀로 서 있기가 몹시 힘에 겨웠지만 안간힘을 쓰며 버텼다.

박철순이 대표로 말했다.

"구해줘서 고맙소."

이지스의 남자 헌터가 나서며 말했다.

"동업자들끼리 서로 돕고 사는 거지. 괜찮소. 이거에 사인이나 해주겠소?"

박철순은 종이를 받아 들고 남자를 쳐다보았다.

"이게 뭐요?"

남자가 씽긋 웃으며 종이의 상단을 가리켰다.

"사체 권리 포기서라고, 이번 레이드에서 현무 길드가 사냥한 괴수 사체를 우리 이지스 쪽에서 가져간다는 서류죠. 우리 쪽 레이드를 포기하고 구조를 지원해 나름 손해를 입었으니… 양측 길드 마스터 사이에서 구두로 협의가 된 부분입니다."

"흐음."

E급이긴 하지만 새끼코브라만 해도 200마리도 넘게 사냥했는데 그 엄청난 금액을 포기한다니 속이 쓰렸다. 이지스 길드에겐 고마웠지만 이렇게 고생만 하고 빈손으로 돌아가는 것은 사리에 맞지 않았다. 박철순은 좌중을 돌아봤고, 다들 묵묵히 있는 것이 자신이 판단하길 기다리는 것 같았다.

"알겠소. 다만 길드원 치료비 정도는 할 수 있게 지금 벌쳐에 실려 있는 물건 정도는 우리 쪽에서 가져갈 수 있게 해주시오."

남자는 잠시 고민해 보더니 시원하게 고개를 끄덕였다. 벌쳐는 실을 수 있는 용적이 제한되어 잘 실어봐야 대당 새끼코브라 1~2마리가 전부일 거라는 판단 때문이다. 전투 중에 한가롭게 사냥한 코브라의 라독을 일일이 빼낼 수도 없었을 것이고.

박철순은 서류에 현재 벌쳐 2대에 적재한 수확물에 대한 권리는 현무 길드에서 갖는다는 조항을 적고 양측이 사인한 뒤한 부씩 보관했다.

"자, 권리 정리가 끝났으니 상호 간에 통성명이나 합시다."

"그러지요."

이지스 길드의 1남 1녀는 본인의 정보를 공개 모드로 바꾸었다. 현무 길드의 4인도 정보를 공개 모드로 바꾸었다. 상호 간에 가장 확실한 신분 증명 방법이다.

[사준혁]

연령: 27

이능: 에너지 컨트롤

육체: 97

정신: 97

장비: 95

종합 등급: 최상급

"맙소사, 넘버원 헌터 사준혁이잖아."

박철순은 놀라움에 경호성을 터뜨렸다. 권산 역시 그의 공인된 능력치의 수준에 놀라지 않을 수가 없었다. 사준혁은 자타 공인 통일한국 최강의 헌터로 이지스 길드의 주력으로 알려져 있었다.

[오은영]
연령: 23
이능: 은신
육체: 90
정신: 80
장비: 90
종합 등급: 상급

마른 체형에 타이트한 검은 갑옷을 입은 약해 보이는 여성도 의외로 상급 헌터였다. 이능력은 겉으로 보이는 육체의 영향을 받지 않는다지만 왠지 어색한 건 어쩔 수 없었다. 무려 제임스와 같은 레벨인 것이다. 권산은 저 은신이라는 이능에 관심이 갔으나 보여달라고 할 수는 없는 노릇이니 관심을 접는 수밖에 없었다.

이지스 길드 측도 놀라는 것은 마찬가지였다. 내용 면에서는 조금 달랐지만.

"이미나? 설마 진성그룹의 그 이미나인가? 연예인이 왜 여기에 있지?"

"긴가민가했더니 정말 이미나잖아?"

이미나는 반쯤 정신이 나가 있다가 시선이 집중되자 헝클어진 머리를 정리하며 금세 옷매무새를 가다듬었다. 놀라운 프로 의식이다.

"이미나예요. 반갑습니다."

몰려온 다른 이지스 길드원들이 편한 시설로 안내하겠다며 호들갑을 떨었고, 덕분에 일행은 호버크래프트의 실내 라운지에서 휴식을 취할 수 있었다. 이미나는 그 틈에 실내 샤워장까지 이용하며 깨끗한 옷으로 갈아입기까지 했다. 수십 명이 몰려들어 사인을 해주고 기념 촬영까지 하고 나서야 조금 잠잠해졌다.

박철순은 일행만 남게 되자 조용한 어조로 입을 열었다.

"인천 관문에 근접하게 되면 벌쳐를 타고 우리가 먼저 관문으로 들어가자. 지금 벌쳐에 실린 것 정도면 괴수 중개인에게 물건을 넘기는 순간 바로 소문이 퍼질 거야. 서류에 예외 조항으로 명시는 했다지만, 이지스 길드가 어찌 나올지 알 수가 없어. 모두 입조심하고."

넷은 인천 관문과의 거리가 50㎞ 정도 남자 사정이 있다고 설명하고, 벌쳐를 타고 해치를 내려와 대평원으로 빠져나왔다. 전속력으로 인천 관문으로 돌아와 '이두 칼날코브라'의 축구공만 한 라독을 매각하자 100억 원의 대금이 입금되었다. 광물 주머니는 추후에 김포 크래프트에 매각해도 되기 때문에 일행은 다시 벌쳐를 타고 김포의 합숙소로 떠났다.

그리고 10분 뒤 이지스의 호버크래프트가 인천 관문에 들어와서 그 엄청난 소식을 들어버렸다. 사준혁은 분노에 이글거리는 눈으로 서울 방향을 쏘아보았다.

"감히 날 속여! 인정을 베풀었더니 이렇게 뒤통수를 친다 이거지! 좋아, 해보자고! 현무 길드가 어떻게 되는지!"

사준혁은 돌멩이 하나를 주어 이능력인 에너지 컨트롤을 이용해 에너지를 주입한 뒤 한강 물속으로 던졌다.

쿠아앙!

10미터도 넘는 물기둥이 폭발하듯 비산했고, 한강 길을 오가던 행인들은 난데없는 물벼락을 맞았다. 몇몇 행인이 사준혁을 쏘아보았으나 그의 불같은 시선에 화들짝 눈을 돌리고 제 갈 길로 사라졌다.

5장
방송국

　금강야차 길드는 40명의 헌터가 사망하는 큰 손실을 입고 길드가 분해되었다. 정부 차원에서도 관심을 둘 만한 인력 손실이었기 때문에 매스컴에서도 벌떼처럼 달려들어 금강야차 길드를 물어뜯었고, 그 과정에서 연합 레이드에 이미나가 참여해 죽을 뻔했다는 사실이 퍼져 나갔다. 대중에게 익숙한 스타의 위기는 쉽게 화젯거리가 되는 뉴스였다.

　"바로 이거야!"

　KBC 방송국의 김태훈 PD는 손톱으로 데스크를 딱딱거리기 시작했다. 뭔가 대박을 터뜨리는 구상을 하기 전에 나타나는 저 버릇에 스태프들은 숨도 쉬지 못하고 그의 손톱만을 응시했다.

죽음과 같은 적막감이 감도는 사무실에 마침내 손톱의 움직임이 멈췄다.

"야, 너희 둘. 당장 헌무 길드로 가서 길드 마스터와 취재 계약하고 와. 이미나의 헌터 도전을 테마로 프로그램 잘 버무려 보자. 제목은 '미나의 레이드'로 하고."

헌터라는 직업에 대해서 일반인들은 약간의 경외감과 부러움이 있었다. 인간을 넘어서는 이능력에 대한 호기심과 그것을 이용한 레이드로 막대한 수입을 챙기는 것에 대한 부러움이 섞인 묘한 감정이었다.

김태훈 PD는 일반인에게 친숙한 이미나의 연예인 이미지를 이용해 헌터업에 대한 로망을 자극한다면 시청률 60%도 가능할 것이라는 촉이 왔다. 오랜 경력의 유명 PD인 그가 이처럼 영감을 받아 강하게 예견했다면 이는 무조건 되는 프로그램이라는 뜻이다.

다만 법적으로 레이드에는 헌터만이 참여할 수 있기 때문에 촬영 팀을 그쪽에 보내기에는 해결해야 할 일이 있었다. 김태훈은 어딘가로 전화를 걸었다. 그의 오랜 방송 생활 중 쌓인 촬영 쪽 인맥이었다.

"카메라맨 중에 이능력이 있는 놈 찾아봐. 아니, 아니, 그렇게 센 이능력자가 방송 일 하겠어? 이능력 증명서는 있는데 워낙 약해서 헌터 일은 못하고 그런 거 있잖아. 어찌 되었든 증명서만 있으면 레이드에 참여할 수는 있으니까."

차슬아의 방문은 갑작스러웠다.

"…그러저러한 이유로 방송사와 촬영 계약이 되었으니 잘해 주길 바라요. 길드에 재정적으로 큰 도움이 되니 개인적으로 도 이미나 헌터가 부각이 잘되도록 많이 지원해 주세요."

합숙소로 찾아온 차슬아는 모두의 앞에서 방송사가 주고 간 프로그램 제작 계획서를 내밀었다. 좌중의 시선이 이미나 에게로 모여들었다. 분명 프로그램은 소형 길드의 레이드를 주제로 하고 있었지만 이미나를 주인공으로 편성할 것임은 삼 척동자도 알 만한 사항이었다.

"이미나 씨는 스타급 대우의 출연료가 잡혔고, 다른 분들에 게도 소정의 출연료가 지급된다고 해요."

권산이 계획서를 대충 훑어보고 말했다.

"헌터 계약 시에 이런 2차 계약에 대한 조항이 있는 것을 알고 있으니 웬만하면 협조할 수는 있지만, 나는 매스컴에 얼 굴이 노출되고 싶지 않소."

차슬아는 생각지도 못한 권산의 거절 의사에 안색이 조금 굳어졌다.

"가면을 쓰는 식으로 초상권 노출을 막으면 어떠세요? 그 정도로는 가능할까요?"

권산은 잠시 턱을 괴고 생각하다가 무겁게 고개를 끄덕였다.

"그 정도는 괜찮소."

차슬아의 안색이 환하게 밝아졌다.

"그 부분은 제가 방송국에 이야기할게요. 다른 헌터분들도 얼굴 노출을 막고 싶은 분이 계시면 마찬가지로 제게 연락 주시구요. 아 참, 그리고 레이드가 잡히면 출발하기 최소 1일 전에 이쪽 연락처로 통지하시면 카메라맨이 붙는다고 해요."

차슬아는 명함 한 장을 내밀었다. KBC 방송국의 '김태훈 PD'라는 직함이 크게 쓰여 있다.

차슬아가 돌아가고 무겁게 굳어 있는 합숙소에 분위기를 불어넣은 건 이미나였다.

"철순 아저씨랑 권산 오빠도 돈 벌자고 헌터 일 하는 거잖아요. 방송 쪽도 제법 수입이 좋으니 좋은 쪽으로 생각하자고요."

죽음의 위기를 같이 헤쳐온 뒤로 꽤나 친밀해진 사이였기에 친근한 어투가 어색하지 않았다.

"돈도 많이 벌었겠다, 우리 저녁이나 먹으러 가요. 이태원에 잘 아는 레스토랑이 있어요. 내가 쏠게요."

아닌 게 아니라 박철순의 재치로 이지스 길드에 B급 칼날 코브라의 라독과 광물 주머니를 빼앗기지 않았기에 모두는 제법 거액을 계좌에 꽂을 수 있었다.

광물 주머니는 아직 매각 전이고, 레이드에 가장 큰 기여를 한 권산이 소유하는 것으로 합의를 본 상태였다. 라독 가격만으로 총 100억 원의 수익을 거뒀고, 이 중 30%인 30억 원을 세금으로 내고 길드에 2억 원가량의 수수료를 분배하고도 두 당 17억 원을 챙긴 것이다.

소규모 파티가 해낼 수 없는 난이도를 해내니 그만큼 나눠 갖는 몫이 대단했다.

헌터관리국에 이번 사냥에 대한 정보가 업데이트되자 권산은 상급, 미나는 중급의 헌터로 재등록되었다.

마지막에 사냥한 '이두 칼날코브라'는 이례적으로 'B+'라는 등급의 신규 괴수로 명명되었다. B급보다는 강하지만 A급 수준인지 판단하기에는 데이터가 부족하다는 뜻이다. 당연히 이번 레이드의 평가도 B급 괴수를 사냥한 것보다 더 좋은 점수를 받게 될 것이 분명했다.

[권산]
연령: 27
이능: 육체 강화

육체: 95

정신: 90

장비: 80

종합 등급: 상급

[이미나]

연령: 21

이능: 방어막

육체: 40

정신: 70

장비: 80

종합 등급: 중급

　일행은 벌쳐를 타고 이태원으로 향했다. 이태원은 예나 지금이나 활기찬 거리였고, 대로변에 있는 상가가 아니라 조금은 골목 깊숙한 곳에 위치한 분위기 있는 이탈리안 레스토랑에서 식사를 하며 몸에 휴식을 주었다. 제임스는 먹고 있는 음식이 마음에 드는지 몇 번이나 추가 주문을 넣었다. 거구를 유지하려면 많이 먹는 건 당연했다. 아무도 그를 막지 않자 스테이크 접시가 산처럼 쌓여갔다.

　권산은 박철순과 시답잖은 농담을 주고받으며 깔깔거리는

미나를 보니 왠지 웃음이 지어졌다. 동료라는 느낌이 이렇게 살갑게 다가오다니, 군에서는 경험해 보지 못한 일이다. 한편 으론 이러한 생각이 사치스럽다는 느낌도 들었으나 헌터업도 결국 희로애락을 느끼는 사람의 일이다.

목숨을 담보로 잡고 한탕을 노리는 직업이라 하여 일부 사람들은 헌터를 폄하하기도 하지만 이능력자가 없다면 누가 방사능으로 뒤덮인 지구에서 괴수를 사냥하여 방사능 해독제의 원료를 구할 수 있겠는가. 군의 현대식 병기로는 설사 가능하다 해도 배보다 배꼽이 더 큰 경우가 비일비재할 것이다. 바로 이 논리가 헌터 업계의 생태계를 만들고 있는 근간이었다.

권산은 단 두 번의 레이드로 상급 헌터로 올라섰다. 이 바닥의 통념으로 보자면 놀라울 만한 기록이다.

넘버원 헌터 사준혁도 10회가 넘는 레이드를 성공시킨 후에야 상급 헌터로 올라섰고, 다시 10회가 넘는 레이드 후에야 최상급으로 올라선 것과 대조해 보면 얼마나 권산의 사냥 기록이 헌터관리국의 평가자들에게 큰 인상을 줬는지 쉽게 알 수 있었다.

이대로 계속 고난이도의 레이드를 성공시킨다면 금세 최상급의 칭호와 평생 써도 다 못 쓸 정도의 돈을 벌 수 있겠지만, 당분간 큰 사냥은 무리였다. 일전에 사용한 뇌신의 영향으로 혈맥이 굳어 회복하는 데 시간이 필요했다.

"산, 권산."

'응?'

"권산 오빠, 무슨 생각을 그리 해요? 내 목소리 안 들려요?"

권산은 잠시 혈맥을 살피려고 내부를 관조하다가 미나의 목소리를 놓치고 멋쩍은 웃음을 흘렸다.

"일단 대장 아저씨 하고는 이야기했는데, 방송 쪽은 내가 전문이니 취재원이 따라오는 레이드는 내가 선정할게요. 난이도는 쉬우면서 사냥 효과는 팡팡 터지는 걸로."

특별히 거절한 이유는 없었다.

"그래."

다음 날.

권산은 김포 크래프트에 들러 '이두 칼날코브라'의 광물 주머니를 내밀었다. 성분 분석을 한 결과 제오늄이라는 광물로 밝혀졌는데 희소가치가 있긴 하지만 무기나 갑옷으로 만들기에는 무른 성분이라 매각해도 큰돈이 되지 않았다. 다만 제오늄은 분말 상태에서 피에 닿으면 강력한 금속 독으로 화학반응을 일으켜 생물체를 마비시키는 특징이 있었다. 권산은 효용성을 극대화하기 위해 제오늄을 정제하여 금속 분말로 만들고 케이스에 담았다. 언제든 필요할 때 꺼낼 수 있도록 벨트에 고정시킨 건 물론이다.

"혹시 금속 말고 괴수 사체의 다른 보석 비슷한 조직들도 성분 분석이 가능합니까?"

안내원은 고개를 절레절레 저었다.

"괴수 조직의 분석은 연구 시설에서나 가능합니다. 워낙에 DNA가 제멋대로인 놈들이라서요. 여기 명함을 한 장 드릴 테니 이쪽에 의뢰해 보시죠."

권산은 명함을 한 장 받았다. '국립괴수연구소'로 국내에서 괴수에 관한 연구로는 가장 권위가 있는 곳이었다.

'다음에 칼날코브라의 심장에서 나온 이 보석 같은 게 뭔지 의뢰해 봐야겠군. 기에 반응하는 게 보통 물질은 아닌 것 같은데.'

권산은 너덜너덜해진 '블랙코모도 가죽 갑옷'의 수리를 맡기고, '골판코끼리 가죽 갑옷'을 한 벌 구매했다. 가죽 특유의 유연함에 전용 로봇의 프레스로 수백 번의 무두질을 거쳐 금속에 버금가는 내구성을 가진 명품이었다.

"잘 선택하셨습니다. 최근에 Y1 섹터에서 사냥한 놈을 가지고 만든 갑옷이지요."

저번 사냥에서 모두 소모한 티타튬 장창을 10개 더 구입한 뒤 합숙소로 돌아왔다. 합숙소에는 방송국에서 보낸 카메라맨이 와 있었다.

"반갑습니다, 유재광입니다."

"권산입니다."

"상당한 미남이신데, 얼굴을 가리게 되어 유감입니다."

마르고 호리호리한 체격의 카메라맨은 레이드 촬영의 법적 장애를 해소하기 위해 현무 길드에 정식 길드원으로 등록했다. 도저히 전투용이라 보기 힘든 '광원 생성'이라는 이능력 증명서를 통해서였다. 당연히 한 번의 사냥도 한 적이 없었기에 헌터관리국의 데이터베이스에도 능력치가 등록되어 있지 않았다. 나이만 35세로 박철순과 동년배로 기재되어 있었다.

"이번 레이드에 함께하게 되어 영광입니다. 상급 헌터를 만나기 쉽지 않다던데 이 파티에는 두 분이나 계시네요. 자연스럽게 사냥하셔도 편집으로 잘 살릴 수 있으니 큰 부담 느끼시지 않으셔도 됩니다."

미나는 권산과 유재광의 인사가 끝나자 손짓으로 둘을 불러 이번에 선정한 사냥에 대해 설명했다.

"이리 오세요, 들. 그리 어려운 난이도의 사냥은 아니에요. 대평원 Y3 섹터에 정기적으로 F급의 육상해파리 떼가 지나가는데 100마리만 사냥해서 사체를 모아달라는 요청이에요. 자, 공유해 드릴게요."

미나가 오른손으로 뭔가를 미는 행동을 하자 권산의 렌즈 화면에도 어떤 의뢰 창이 나타났다.

[미완료 의뢰 1건]

의뢰자: 서울시 식품영양학회

의뢰 내용: F급 육상해파리 사체 100마리 수집

보상액: 2천만 원

F급이라면 괴수 등급에서는 최약체였다. 무난한 사냥이 될 듯했다. 권산은 지금의 몸 상태로도 충분히 소화할 수 있을 것으로 판단하고 동의 버튼을 눌렀다.

일행이 사냥 준비를 갖추는 동안 권산은 벌쳐로 들어가 여러 장치가 정상적으로 동작하는지 체크했다. 렌즈와 컴퓨터까지 마저 점검하던 중 일전의 사냥에서 증강 현실을 이용해 코브라의 심장을 렌즈 화면에 띄워 활용하던 기억이 났다. 부착형 컴퓨터의 활용성은 무척 뛰어났고, 헌터가 쓰기에 따라 강력한 전투 보조 기구가 되기도 하는 것이다.

권산은 민지혜 실장에게 화상 전화를 걸었다. 그러자 렌즈 화면에 검은 뿔테를 쓴 여성의 얼굴이 나타났다.

—사냥 준비 중이시죠? 쉬운 건이긴 한데 그래도 준비는 철저히 하셔야 해요. 무슨 일로 연락하셨죠?

"민 실장이 좀 알아봐 줬으면 하는 게 있어. 초 단위의 전투 중에 WC의 기능을 일일이 작동시키는 건 무리야. 내 신체의 정해진 움직임이나 음성 명령을 소스로 작동하는 전투 보조용 인공지능 개체를 렌즈 화면상에 띄워줄 수 있어?"

민지혜는 잠시 이마를 찡그리며 고민하더니 천천히 고개를 끄덕였다.

─프로그래밍을 좀 해서 WC의 펌웨어를 업그레이드하면 기능 구현은 가능해요. 다만 인공지능에 가까운 수준의 연산은 WC의 CPU는 물론이고 길드의 마스터 컴퓨터로도 무리예요. 소형 슈퍼컴퓨터 정도는 돼야 가능할 거예요. 또 슈퍼컴퓨터를 사용한다 해도 대평원에서 레이드 중에는 벌쳐의 신호 중계기의 출력이 약해서 필드와 서버 사이에 통신이 자주 끊기기 때문에 효용이 떨어질 거예요. 벌쳐의 중계기 부품을 고출력으로 개조하든지 아니면 이지스 길드처럼 호버크래프트 수준의 장비를 우리 길드에서도 운용하는 게 맞을 것 같아요. 어렵겠지만.

"음, 일단 민 실장이 좀 알아봐 줘. 길드처럼 언제 철거될지 모르는 낡은 건물에 장치를 넣기는 좀 그렇고, 소형 슈퍼컴퓨터를 넣어둘 만한 적당한 아지트부터 알아봐 줘."

권산의 전담 서포터이고 사냥에 관련한 부탁이니 민지혜로서도 굳이 못 들어줄 만한 일은 아니었다.

─이번 레이드 다녀오실 동안 알아볼게요.

권산은 화상통화를 종료했다. 목숨이 걸린 레이드인데 장비에 투자를 아낄 생각은 없었다. 다른 헌터들처럼 각자의 이능력을 강화시켜 주는 아이템이 권산에게는 없기 때문에 조금 다른 발상으로 접근해 보는 것이다. 육체의 극의를 추구하는 무술을 익혔지만, 지금 권산은 무술가가 아니라 헌터였다. 헌터는 사냥을 위한 최선의 준비를 갖추는 게 기본이다. 그게 어떤 종류이든.

5대의 벌쳐는 Y3 섹터를 향해 출발했다. 미나와 제임스가 각각 벌쳐를 한 대씩 구입했고, 방송국의 유재광도 촬영 장비가 사방에 부착되어 있는 특수 제작 된 1인승 벌쳐를 몰고 나왔다.

인천 관문에서 40㎞ 정도 벌쳐로 주행하자 여러 줄기의 샛강이 이리저리 엉켜 있는 습지대가 나타났다. 그곳에는 투명한 몸체에 짧은 촉수를 이용해 이동하는 1m 크기의 거대한 물방울들이 샛강의 물기로 몸을 적시며 남쪽 방향으로 천천히 이동하고 있었다. 그 모습이 과거 바다에 살던 해파리와 판박이였다.

"샛강의 수원 쪽에 놈들의 산란지가 있는 모양이야. 꾸물꾸물 잘도 기어가는군. 징그럽게도 수가 많아."

박철순의 중얼거림처럼 습지를 장악한 육상해파리는 수천 마리는 될 듯 보였다.

유재광이 그의 벌쳐에서 촬영 준비가 끝났다는 사인을 보내자 권산은 준비한 가면을 썼다. 얼굴 노출을 꺼리는 건 아무래도 그 혼자인 듯했다.

렌즈 화면을 조작해 육상해파리의 해부도를 띄우자 몸속의 농구공만 한 내핵이 약점으로 표시됐다. 괴수의 뇌와 내장 기관이 밀집한 기관이었는데 몸체의 크기에 비하자면 굉장히 크기가 작았고, 따라서 수확되는 라독의 크기도 미미했다. 외부에서 공격을 받으면 투명한 젤라틴 몸체를 경화시켜 몸을 방어하고 두 개의 긴 촉수로 신경독 공격을 하는 것으로 나와 있었다. 사냥을 쉽게 할 수는 있지만 큰돈이 안 되는 관계로 기피하는 괴수 중 하나였다.

제임스는 육상해파리 사냥의 정석이라고 할 만한 무기인 장창을 준비했고, 박철순은 구리 화살로 해파리의 핵을 겨냥했다. 권산 역시 티타늄 장창을 꺼내 들었다.

유재광이 외치는 소리가 들렸다.

"촬영용 드론 띄웁니다! 신경 쓰지 마시고 자연스럽게 사냥하세요!"

유재광의 벌처에서 4대의 드론이 날아올라 원거리에서 사각이 안 생기도록 카메라 구도를 잡았다.

권산은 육상해파리의 핵을 공격해 파괴하며 왜 미나가 이 괴수를 선정했는지 깨달았다. 몸체를 경화한 해파리가 내는 푸른빛은 내핵이 파괴되더라도 꽤나 장시간 유지되었던 것이다. 다른 괴수와는 다르게 피도 나지 않고 알록달록한 색감이 평원에 점점이 늘어났다.

간혹 쏟아져 오는 신경 독 촉수는 어린아이가 막대기를 휘두르는 속도 정도인지라 모두가 몸놀림으로 피할 수 있었으며 미나가 육각 실드를 만들어 대신 방어해 주자 한층 사냥에 속도가 붙었다.

순식간에 100마리를 채운 일행이 사냥을 멈추려는데 샛강의 반대편에서 잔뜩 소란이 일어나더니 검치승냥이 한 무리가 육상해파리를 몰아세우며 다가오기 시작했다. 그 흉흉한 기세에 권산은 걸음을 물리며 렌즈 화면에 검치승냥이의 정보를 띄웠다.

[검치승냥이]
등급: D
특수능력: 가시털 발사
생태: 군집
약점: 목
가치: 2천만 원

D급 괴수치고는 가치가 크지 않았다. 군집 행동을 하는데다 직접 사냥하기보다 이미 죽어 있는 사체를 더 좋아해서 대

평원의 청소부라는 별명이 있었다. 박철순이 뒷걸음질로 검치 승냥이를 견제하며 말했다.

"이거 곤란한데. 놈들을 처리하지 않으면 사냥한 육상해파리 사체를 다 먹이로 주게 생겼군."

검치승냥이의 수는 20여 마리. 평소라면 권산 혼자서도 문제없는 머릿수였지만 혈맥에 부상을 입은 지금은 제법 부상을 각오해야만 했다. 자세한 말은 안 했지만 권산의 상태를 본능적으로 느꼈는지 제임스가 앞으로 나섰다.

우드득!

근육이 커지고 골격이 늘어나며 거대한 체구의 웨어베어가 나타났다.

웨어베어는 민첩한 움직임으로 돌진해 검치승냥이를 후려쳤다. 두개골이 터지고 피가 폭발하듯 비산했다.

일격 일살이라 할 만한 광폭한 파괴력이었다.

땅바닥에 후드득 떨어지는 뇌수에 검치승냥이 무리는 '컹컹' 하는 울음과 함께 몇 걸음 뒤로 물러섰다.

박철순이 구리 화살로 원거리를 지원했고, 미나가 육각 실드를 움직여 검치승냥이가 발사하는 가시털을 막아냈다.

어차피 검치승냥이의 가시털 정도로는 제임스의 두꺼운 가죽을 뚫을 수 없었지만.

그래서 미나는 그나마 약점이라고 할 만한 얼굴 쪽을 집중적으로 막아주었다. 권산은 티타늄 장창을 투창하여 다섯 마리의 승냥이를 꼬치로 꿰어 처리했다.

검치승냥이 무리가 정리되자 박철순은 라독을 빼내고 길드에 좌표를 보내 운송을 요청했다.

"자, 나머지는 길드에 맡기고 돌아가자."

"잠깐만요."

유재광이 다가와 흥분된 어조로 말했다.

"사체를 운송하는 장면을 좀 찍을 수 있을까요? 충분히 시청자들에게 볼거리가 될 것 같은데요."

"뭐… 그럴까요."

박철순은 어깨를 으쓱했다. 벌처로 돌아가 잠시 기다리자 길드가 보낸 운송 업체의 쿼드 캐리어가 저공으로 날아왔다.

4개의 프로펠러로 공기를 밀어내 기체를 띄우는 방식은 유재광의 촬영용 드론과 흡사했으나 차이점은 기체의 거대한 크기였다. 부피만 봐도 수백 배의 차이가 났다.

유재광은 쿼드 캐리어의 풍압에 밀려 드론의 비행이 불가능하자 모두 회수한 뒤 직접 핸드 카메라를 들고 쿼드 캐리어의 육중한 자태를 렌즈에 담았다.

쿼드 캐리어가 목표지의 지면을 향해 맹렬하게 풍압을 쏟아내자 먼지구름이 점점 밀려났다.

그때 쿼드 캐리어의 바닥이 열리며 로봇 집게손이 내려와

평원에서 푸른빛을 내는 육상해파리와 검치승냥이의 사체를 회수했다.

간단해 보이지만 저런 사체 회수 시스템이 오래된 것은 아니었다.

과거 레이드 초창기에는 육상 운송을 하다가 많은 민간 운송업자들이 괴수의 습격에 죽었고, 이후 비행 운송으로 패러다임이 변화했다.

비행체를 착륙시킨 뒤 사체를 싣는 것도 괴수 군락지에서는 위험했기 때문에 아예 무착륙으로 로봇 집게를 이용하는 것이 일반적이었다.

물론 업계의 변화가 느린 중국 쪽의 레이드 같은 경우는 아직도 육상 운송이 더 많다고 알려져 있었다.

쿼드 캐리어와 같은 장비의 가격이 대당 100억 원이 넘기 때문에 괴수 산업이 영세하거나 국가마다 제도의 차이에 의해서 이 업계로의 부의 집중이 어려울수록 그런 고가의 장비는 쉽사리 도입하지 못하는 것이다.

"와우! 정말 장관입니다."

유재광이 박수를 치며 감탄했다. 첫 사냥에 기대 이상의 좋은 장면을 여럿 찍었다.

가슴이 두근두근 댈 지경이었다. 빨리 방송국으로 돌아가 편집을 하고 싶은 마음뿐이다. 박철순이 소리쳤다.

"자, 모두 복귀합시다!"

모두 짐을 정리해 벌쳐에 실었다. 인천 관문까지는 40㎞로 그렇게 먼 거리는 아니었다.

다섯 대의 벌쳐가 먼지구름을 뿜어내며 대평원을 질주했다.

6장
아지트

　KBC 방송국은 비정기 프로그램으로 '미나의 레이드'를 방영했다. 김태훈 PD라는 이름값과 이미나의 인지도로 인해 첫 방영에 시청률 10%를 기록했다.

　대평원의 흙먼지를 뚫고 질주하는 벌쳐 드라이빙에서 수천 마리의 육상해파리가 이동하는 모습이 다양한 각도로 촬영되어 꽤나 실감나게 연출되었다. 해파리 사냥보다 방해꾼 검치승냥이를 박살 낼 때 피와 뼈가 튀는 부분에서 실시간 시청률이 10%로 뛰어올랐다. 사람들은 하드코어한 리얼리티를 보고 싶어 하는 것이다.

미나의 방어막 기술을 시의적절하게 편집하여 방어막이 아니었다면 파티원들이 제법 부상을 당할 것처럼 연출하기도 했다. 레이드 자체의 난이도가 높지 않아서 부각되는 캐릭터는 없었으나 키가 훤칠하고 움직임이 날렵한 가면 헌터에게 시청자들의 시선이 모아졌다.

쿼드 캐리어의 사체 회수를 끝으로 방송이 끝나자 시청자들이 SNS을 통해 소감을 올리기 시작했다.

—와, 이거 사냥 방송 재밌네요. 김태훈 PD가 또 한 건 한 듯.

—미나 이능력, 제법이네요. 얼굴도 예쁜데 부러워요.

—나는 검치승냥이 박살 내던 곰탱이 헌터가 멋지던데.

—그 가면 쓴 사람 몸 멋지네요. 동작도 민첩하고.

—아, 다음 방영은 언제인지 아시는 분?

김태훈 PD는 유재광의 어깨를 두드리고 엄지를 치켜들었다. 이만한 연출이 가능한 건 충분한 영상 자료를 건져온 그의 공이었다.

"수고했어. 우리 쭉 같이 가보자고."

인천시 계양산 정상의 한 주택에 1남 1녀가 서 있다. 권산과 민지혜였다. 민지혜는 눈앞의 저택에 대한 관련 서류를 뒤적이며 입을 열었다.

"급매로 나온 단독주택이에요. 김포 쪽 합숙소나 대평원과의 거리도 가까운데다 고지대에 있기 때문에 이곳에 슈퍼컴퓨터를 두고 신호를 송출하면 대평원까지 데이터를 주고받을 수 있을 거예요."

3층 주택의 외장은 노출 콘크리트로, 단순하지만 튼튼하게 지어졌고, 옥상에 꽤나 큰 전파 수신용 접시 안테나가 설치되어 있었다.

"일반인 집은 아닌 것 같은데?"

"김요한 박사라고, 천문학계에서는 꽤나 저명한 교수의 자택이에요. 한 달 전에 실종된 것으로 알려졌는데 무슨 이유에선지 자택이 급매로 나왔더군요. 시가 15억인데 얼마나 돈이 급했는지 10억이면 매입할 수 있어요."

권산은 만족스러운 표정으로 고개를 끄덕였다. 주변에 인적이 드문 것도 마음에 들었고, 산 정상이긴 하지만 도로가 뚫려 있어 교통이 불편하지도 않았다. 지금 20억 원가량이 계좌에 있으니 자금도 충분했다.

"좋아, 매입하자."

둘은 주택의 초인종을 눌렀다. 수척한 인상의 고등학생 소녀가 문을 열었다. 단발머리에 큰 눈이 예쁜 얼굴이었지만, 뭔가에 짓눌린 것처럼 무섭도록 침울해 보였다.

"집 사실 건가요?"

"그래요."

민지혜가 대답했다. 소녀는 묵묵부답으로 둘을 안으로 들이더니 계약서를 내밀었다. 주택은 김요한의 소유였으나 이미 사망 처리가 되었는지 유일한 가족인 딸 김한별의 소유로 등기되어 있었기 때문에 문제는 없었다.

김한별이 계약서를 읽는 권산을 바라보며 낮은 음색으로 입을 열었다.

"제가 정말 사정이 있어서 집을 팔아야 하지만, 염치 불구하고 하나만 부탁 좀 드려도 될까요?"

권산은 고개를 들어 김한별을 바라보았다.

"무슨 부탁이지?"

"이 집에는 천문학자인 아버지의 연구 자료와 관측 DATA가 가득해요. 너무 양이 많아서 제가 가져갈 수가 없어요. 몇 달 정도만이라도 이 집에서 보관을 좀 해주시겠어요?"

"음……."

이제 십 대 후반의 소녀가 어떤 사연이 있는 것일까. 권산은 자신이 상관할 일이 아님에도 왠지 이야기를 들어봐야 할 것 같았다.

17년 전 권산의 가족이 비행형 괴수 난입 사건으로 인해

참변을 당했을 당시 갓난아기이던 여동생도 화를 피할 수 없었다. 그 여동생이 그대로 자라났다면 딱 이 소녀와 비슷한 또래일 것이다.

"네게 어떤 사정이 있는지를 말해주면 나도 네 부탁을 들어주마."

김한별은 당황한 얼굴로 고개를 떨구었다. 말을 할까 하는 마음이 턱 끝까지 올라왔으나 공연히 입을 놀려 일을 그르칠까 염려되었다. 이내 결심한 눈빛으로 그녀는 권산을 바라보았다.

"죄송해요. 사람의 생명이 달린 일이에요. 더는 말씀 못 드려요."

김요한 교수의 실종 이후 홀로 모든 것을 감당해야 했던 자신이다. 매사에 조심하게 되는 건 어쩔 수 없는 일이었다.

"집을 팔면 갈 곳은 있고?"

"그게……."

받아줄 친척이 있었다면 이 소녀 혼자 이렇게 외로운 싸움을 하고 있지는 않았을 것이다.

"내게 집을 팔고 난 후에도 그냥 이곳에서 살도록 해. 어차피 나는 자주 오기 힘들고, 관리해 줄 사람도 필요하니까. 갈 곳이 생기면 그다음은 다시 이야기하자."

권산은 계약서에 사인을 하고 김한별의 계좌로 10억 원을 이체했다. 어찌 되었든 권산은 자신만의 아지트를 갖게 된 것이다.

"민 실장은 계약서를 가지고 관공서에 등록 좀 해줘. 슈퍼컴퓨터와 통신 설비 공사는 알아서 준비하고. 견적 금액만 보내주면 송금하도록 하지."

"알겠어요. 그럼 저는 먼저 가보도록 할게요. 한별 양은 제가 나중에 다시 올 때 연락 줄 테니 연락처 좀 교환해요."

민지혜가 떠나고 권산은 주택 구조를 둘러보기 위해 자리에서 일어났다. 김한별이 자청해서 권산에게 이것저것 설명했다.

"지하는 창고인데 지금은 비어 있어요. 1층, 2층은 생활공간이고, 3층은 서재 겸 개인 연구실이에요."

특별한 공간은 3층이었다. 김한별의 말처럼 빽빽하게 벽에 꽂혀 있는 연구 자료는 빈틈을 찾아보기 어려울 정도였고, 한쪽 벽면에 자리한 전파망원경 연산 컴퓨터는 그 크기만큼 상당한 고가로 보였다. 옥상의 접시안테나에서 들어온 케이블이 복잡하게 컴퓨터와 연결되어 있었다. 서재의 한편에는 독일제 슈미트 천체망원경이 창밖을 비추고 있었다.

"토성까지는 꽤 해상도가 나오는 망원경이에요. 아버지의 애장품이지요."

주택 자체도 잘 지어졌지만, 내부 인테리어나 가구들도 모두 고급이었기 때문에 특별하게 손을 댈 필요는 없어 보였다.

"1층은 내가 쓸 수 있으니 방을 좀 비워둬. 잘 지내고 있어. 다음에 다시 오지. 조금 걸릴 거야."

권산이 벌처를 타고 떠나자 한별은 그제야 그가 헌터임을 알았다. 그러자 말을 하는 게 나았을까 하는 후회가 되었다.

한별은 스쿠터를 타고 산을 내려와 서울 강서 쪽의 모처로 이동했고, 은행에 들러 현금 10억 원을 준비한 백팩에 모두 쓸어 담았다. 그리고 약속된 공원에 도착해 어딘가로 연락을 취하자 검은 정장의 젊은 남성이 천천히 나타났다.

"돈은?"

"아버지는 무사하시죠?"

"돈만 잘 주면 얼마든지 무사할 수 있지."

"여기 있어요."

한별이 남긴 가방을 슬쩍 열어본 남자는 만족스러운지 미소를 지었다.

"몇 주만 기다려. 김요한 교수는 멀쩡히 돌아갈 테니. 우리 황해 해적은 제법 신용이 있다고."

남자가 사라지자 한별은 갑자기 긴장이 풀려서인지 덜덜 떨며 땅에 주저앉았다.

권산은 김포 크래프트에 들러 벌처 개조를 맡겼다. 무선 중계기의 신호 증폭량을 최고 사양으로 업그레이드했고, 또 도주 시에 쫓아오는 괴수를 견제하기 위한 지뢰 포설기를 후미의 차체 하면에 추가 설치 했다. 개조에 시간이 필요하여 벌쳐를 맡기고 나오는데 미나에게 전화가 왔다.

—어디예요?

"김포 크래프트."

—올~ 장비 맞추나 봐요? 끝내주는 집 장만했다고 들었어요.

'음.'

몇 시간도 되지 않아 소문이 났다. 민지혜—차슬아—이미나 순서로 말이 옮겨졌으리라 추측하는 건 어렵지 않았다.

—조만간 꼭 초대해 줘요. 그건 그렇고, 길드에서 좀 와달라고 하네요. 차슬아 마스터 요청이니 지금 좀 같이 가요.

"이거 곤란한데. 벌쳐를 개조하느라 지금 맡겨뒀거든."

—제가 데리러 가죠, 뭐. 조금만 기다려요.

미나가 벌쳐를 몰고 오자 권산은 조수석에 탑승했다. 제임스의 벌쳐가 졸졸 따라왔다. 박철순은 서울의 병원으로 딸의 병문안을 갔기 때문에 끝나고 합류한다고 연락이 왔다.

종로의 현무 길드 건물로 드라이빙 하던 중에 미나가 권산을 바라보며 물었다.

"방송 타보니 기분이 어때요?"

"별로 특별하진 않던데?"

"그래요? 역시 강심장이라니까. 방송계 쪽에 한 미모 하는 친구들이 가면 쓴 헌터 누구냐고 저한테 얼마나 물었는지 모르죠? 여자 친구 없으면 소개해 달라고 난리였다니까요. 그래서 말인데, 여자 친구 있어요?"

권산이 무슨 의도냐는 듯이 뚫어지게 바라보자 미나는 얼굴이 화끈거려 차마 고개를 돌리지 못했다. 권산은 피식 웃으며 대답했다.

"없다면 소개해 주게?"

"아니요. 내가 중매쟁이에요? 해주란다고 막 해주게. 여하튼… 없는 거죠?"

"그래."

미나는 활짝 미소 지었고, 더 이상 별다른 말을 하지 않았다. 종로의 낡은 길드 건물에 도착하자 그 앞에 수십 대의 벌쳐가 세워져 있다.

"어서 와요. 먼 길 오느라 고생했어요."

차슬아가 버선발로 뛰쳐나와 둘을 맞았다.

길드로 들어서자 수십 명의 인원이 북적대며 미나를 둘러쌌다.

"오, 이미나다!"

"팬이에요, 미나 씨!"

"실물이 더 예쁜데?"

한바탕 미나의 팬 사인회가 끝나자 때마침 박철순이 도착했다. 차슬아는 모두의 앞에서 서로를 소개했다.

"지금까지는 가입하신 헌터가 소수였기 때문에 1개 파티로 운영했지만, 방송을 보시고 현무 길드를 알게 된 여러 헌터분의 가입 의사에 따라 이렇게 자리를 마련했습니다. 이제 총인원이 21명이 되었으니 3개 정도로 파티를 나눠서 운영했으면 합니다. 업계 관례에 따라 등급이 높거나 경력이 많은 헌터를 자발적으로 리더로 추대해 주시고, 추대된 리더께서는 헌터들의 이능력과 등급을 보시고 파티를 편성해 주세요."

헌터들은 개인 정보를 모두 공개로 바꿨고, 권산은 각 헌터들의 머리 위에 떠 있는 정보창을 통해 모두의 등급과 이능력을 파악할 수 있었다.

현재의 파티원을 빼고 가장 흔한 육체 강화 계열이 6명, 방어막 계열이 2명, 치료 계열이 3명, 원소계 공격 계열이 3명, 그리고 독특한 이능력을 가진 이가 3명이었다.

'정신 지배, 시력 강화, 결계 생성이라……'

그중 정신 지배 이능력을 가진 안상욱은 권산과 제임스를 제외하면 유일한 상급 헌터였다.

자연스럽게 등급이 높은 권산, 안상욱, 제임스, 그리고 중급 중에 가장 경력이 높은 박철순이 리더로 추대되었다. 그러나 제임스는 미나의 경호를 이유로 리더의 직위를 거절했다.

그렇게 3명으로 추려진 리더는 최대 7명씩 파티원을 뽑을 수 있었고, 권산은 정보창이 알려주지 못하는 사용 무기나 이 능력의 효과에 대해 하나하나 물어보고 신중히 결정했다.

다만 미나의 강력한 요구를 차슬아가 받아들여 권산과 미나, 제임스가 한 팀을 유지하게 되면서 이를 고려해 3명을 더 받아들여 6명으로 파티원을 조직했다.

"자, 모두 결정된 것 같으니 합숙소로 가실 분은 가주시고 아닌 분은 자택으로 돌아가 주세요. 앞으로 권산 파티는 현무 알파, 박철순 파티는 현무 베타, 안상욱 파티는 현무 감마로 호칭할게요."

애초에 미나를 보고 싶어 길드에 가입한 헌터들이 대다수 인지라 그들이 합숙소로 모두 몰려들자 넓은 합숙소 방이 남자들로 꽉 차는 바람에 미나는 정색을 하며 짐을 정리했다.

"이런 남탕에서 저 늑대들과 어떻게 살아. 나가야 돼. 어디로든 가야 해."

때마침 번잡스러운 것을 싫어하는 권산이 합숙소의 소란을 못 참고 짐을 정리해 나오자 미나가 그것을 보고 씨익 웃었다.

"장만한 집으로 가는 거죠? 벌쳐도 없으시니 제가 바래다 드릴게요."

권산은 뭔가 느낌이 불길했으나 틀린 말은 아니었기에 천천히 고개를 끄덕였다.

"고마워."

권산의 짐이 실리고 권산이 조수석에 타자 미나는 재빨리 자신의 짐을 마저 실었다.

둘이 탄 벌쳐가 인천으로 출발하자 짐을 정리한 제임스의 벌쳐가 재빨리 따라붙었다.

그 뒤로 미나의 연락을 받은 현무원의 다른 파티원 3명의 벌쳐가 연이어 출발했다.

딩동.

초인종 소리에 한별이 문을 열었고, 현관 앞에 서 있는 6명의 헌터를 발견했다.

모두 짐을 한 보따리씩 짊어지고 있고 그 가운데 권산이 서 있다.

"금방 돌아오셨네요. 그런데 다른 분들은?"

권산이 마음에 들지 않는지 좌중을 돌아보며 말했다.

"조금 귀찮은 손님들이야. 1층 방은 오늘부터 쓸게."

1층 거실의 넓은 소파에 여섯 명의 헌터가 둘러앉았다. 권산과 미나, 제임스, 그리고 새로이 합류한 서의지, 백민주, 봉진기였다. 신입 3명은 1년 이상 경력이 있는 헌터들로 모두 20대 중반이며 중급이었다.

[서의지]
연령: 25
이능: 시력 강화
육체: 82
정신: 68
장비: 55
종합 등급: 중급

[백민주]
연령: 24
이능: 치료
육체: 30
정신: 88
장비: 70
종합 등급: 중급

[봉진기]
연령: 25
이능: 결계 생성
육체: 55

정신: 74

장비: 55

종합등급: 중급

서의지는 육체 쪽이 강하고, 백민주는 정신 쪽이, 봉진기는 평균적인 능력치를 보유하고 있었다. 서의지는 지평선에 아스라이 보이는 괴수의 외형을 분간할 정도의 가공할 시력을 가지고 있었고, 그러한 시력을 이용한 정찰 및 저격용 라이플이나 활과 같은 원거리 무기가 주특기였다.

백민주는 파티 레이드에는 필수적이라 할 만한 치료 능력을 보유했다. 흰색의 치료 광선이 눈에서 뿜어지면 그 광선에 둘러싸인 헌터는 빠른 속도로 상처가 아물며, 피로의 원인인 젖산이 분해되며 체력까지 돌아온다. 중급의 수준이므로 동시에 2명 정도는 치료가 가능했다.

봉진기의 경우 결계라고 할 만한 반구형의 에너지 막을 만들어 괴수를 가둬두는 것이 가능했다. 지속 시간은 길지 않았지만 C급 괴수가 2마리 있을 경우 1마리씩 봉인시키면 개별적인 사냥이 가능했기 때문에 몹시 유용한 능력이었다. 다만 능력을 펼치는 동안은 본인도 두 발을 땅에 붙이고 있어야 했다. 에너지 막은 외부의 물질은 내부로 투과시키지만 내부의 물질은 외부로 나가지 못하게 막기 때문에 방어용으로는 쓸 수 없었다.

미나는 소파에서 날씬한 다리를 꼬고 손을 움직여 뭔가를 조작하더니 어떤 미션 하나를 파티원들에게 공유했다.

"다음 레이드는 이거 어때요?"

[미완료 의뢰 1건]
의뢰자: 종로 귀금속 조합
의뢰 내용: C급 다이아몬드멘티스 3마리 두상 다이아몬드 3개 수집
보상액: 30억 원

권산은 컴퓨터로 다이아몬드멘티스의 정보를 찾아보았다. 항상 1마리의 암컷과 2마리의 수컷이 한 무리를 이루어 다니는 군집형 괴수로 8미터의 길이를 가진 거대한 사마귀의 형상이었다.

탄소를 흡수해 갑각과 낫과 같은 앞발을 강화하며 특히 양눈의 중앙 미간에는 엄지손가락 크기만 한 탄소 결정체가 있었는데 바로 보석 다이아몬드였다. 이 광물 때문에 괴수의 명칭까지 정해졌고, 레이드 역사 초기에 집중적으로 사냥했으며 또 많은 헌터들이 당한 강력한 괴수였다.

"C급 3마리라면 작전을 잘 짜면 사냥은 가능해. 지금은 개

체가 많이 줄어서 알려진 서식지가 없다는데 그건 생각이 있어?"

미나는 권산에게 한쪽 눈을 찡긋하며 거실의 벽면에 자리한 대형 TV에 진성그룹의 서버로 보이는 웹 주소와 암호를 입력했다.

"괴수 산업이 큰돈이 되는지라 진성그룹에서도 괴수 정보에 대한 독자적인 라이브러리를 가지고 있어요. 다행히 아버지가 제 권한을 막아놓진 않았네요. 별 게 다 있으니 서식지 정도는 기본으로 나올걸요."

화면에 진성그룹 로고가 뜨고 미나가 '다이아몬드멘티스'를 입력하자 헌터관리국은 가볍게 찜 쪄 먹을 상세한 데이터가 나오기 시작했다.

근래에 목격된 가장 가까운 위치는 Y16 섹터로 나와 있었다. 약점은 항독성이 떨어져 갑각 내부 체액에 독성 물질을 주입하면 전투력이 급감한다고 나와 있었다. 권산은 일전에 분말 상태로 정제한 제오늄을 떠올렸다. 효과가 있을 듯했다.

미나가 다이아몬드멘티스를 촬영한 영상 몇 개를 틀자 멘티스의 가공할 낫질에 근접 공격을 하던 헌터들의 허리가 뭉텅이로 썰려 나가는 장면이 나왔다. 금속 성분으로 피부를 변환한 헌터라도 심각한 부상을 당할 정도였다.

'낫질이 거의 검기 수준이로군.'

정말로 대단한 내구성의 갑옷이 아닌 이상 멘티스의 탄소 강 강도의 낫질을 버텨낼 리 만무했다. 만약 저 앞발만 제거할 수 있다면 사냥은 어렵지 않을 듯했다.

"자, 바로는 어렵겠어. 일주일 정도 손을 맞춰보자."

미나가 영상을 끄고 화면을 닫자 세계지도로 보이는 화면이 눈에 들어왔다. 청정 지역은 녹색, 바다는 파란색, 방사능으로 오염된 구역은 노란색으로 되어 있었는데 대평원 대부분이 노란색이었지만 과거 오키나와 섬이 있던 Y130번대 구역은 검은색으로 표현되어 있었다.

"미나, 저건 뭐지?"

미나는 본인도 의아한 듯 이것저것 조작해 보더니 구역 정보창을 띄웠다.

[접근 금지 구역]

방사능 수치가 높고 A급 괴수 출현율이 비이상적으로 높은 구역. 단위면적당 괴수 서식 비율이 대평원에서 최대로 높다. 현재까지 정의된 적 없는 S급 전투력의 괴수가 발견될 확률이 있다. 10년 전 200명 규모의 연합 레이드가 A급 괴수 무찰린다 1마리에게 괴멸된 이후 접근 금지 구역으로 선포되었다. 이곳 어딘가에 국제적인 범죄 집단 황해 해적의 소굴이 있을 것으로 추정된다.

[무찰린다(Muchalinda)]

50미터 크기의 거대 뱀인 무찰린다는 전설에 나오는 용과 같은 외양을 지녀 인도 신화를 차용해 무찰린다로 명명되었다. 이 괴수는 방송 매체에도 자주 등장하는데 공포의 상징으로 묘사되곤 했다. 그만큼 200명 규모의 연합 레이드 전멸 사건은 헌터 세계뿐 아니라 일반인에게도 충격을 안겨주었던 것이다.

[황해 해적]

황해 해적은 20년 전 등장한 극동아시아 최대의 범죄 단체였다. 중국 쪽 인원이 대다수였는데 이능력자와 일반인이 마구잡이로 혼재되어 있었다. CTX 탈취나 헌터 습격, 괴수 사냥, 밀무역, 일반인 납치 등 돈 되는 것은 무조건 하는 악질 집단이었다. 대평원 어딘가에 근거지가 있는 것으로 알려졌는데, 정확한 위치를 아는 이는 아무도 없었다. 다만 중국, 한국, 일본의 청정 지역 내부에 근거지가 없으니 대평원 어딘가에 있겠거니 하는 게 통념이다.

일주일 뒤, 권산은 유재광에게 연락했다. 레이드 준비가 끝났으니 방송국에 통보한 것이다.

유재광이 합류하고 7대의 벌처는 인천 관문을 통과해 Y16 섹터로 향했다. 정찰에 밝은 서의지가 선두로 치고 나가 북서 방면으로 120㎞를 달리자 드넓게 펼쳐진 관목림 지대가 나타났다.

방사능에 영향을 받은 식물은 하나같이 거대화 쪽으로 진화한 건지 형태는 잔가지가 많은 관목이지만 키들이 기본적으로 5미터는 넘었다. 괴수가 있더라도 관목에 가려 엄폐가 되기 때문에 발견하기 몹시 어려웠다. 몇 번 다른 괴수와 마주쳤지만 서의지의 정찰로 사전에 괴수 무리와의 충돌을 피했다. 사냥은 가능하더라도 체력이나 보급품을 소모하면 정작 목적도 못 이루고 돌아가야 하기 때문이다.

그렇게 4일을 헤매고 나서야 드디어 'C급의 다이아몬드멘티스'를 발견했다.

녹색의 갑각에 암컷의 크기는 10미터가 넘을 만큼 컸고, 수컷 2마리는 8미터 정도로 크기가 조금 작았다.

"하~ 진짜 꽁꽁 숨어 있었네. 권산 오빠, 작전대로 가는 거죠?"

"그래, 모두 준비는 됐지?"

"시켜만 주십시오."

쾌활한 성격의 서의지가 그의 애병인 '드라그노프 저격소총'을 들어 보였다. 괴수를 상대하기 위해 대구경으로 개조하면서 사정거리는 짧아졌지만 일단 맞았다 하면 대포알 같은 구멍이 뚫린다 해서 '캐논'이라는 별명이 붙어 있는 놈이다. 망원 스코프는 시력 강화 이능력이 있는 그에게는 불필요한 장비였

으므로 제거되어 있었다.

제임스는 상의를 벗고 변신했으며, 백민주와 봉진기는 각자의 포지션에서 고개를 끄덕였다. 유재광이 벌쳐에서 촬영용 드론을 띄우며 오케이 사인을 보내자 모든 준비가 완료되었다.

첫 공격은 서의지의 저격으로 시작되었다.

탕!

수컷의 앞발 관절을 노려 대구경 탄환을 발사하자 그 파괴력에 관절이 너덜너덜 꺾였다. 얼마나 각피가 단단한지 가장 연약한 관절을 노렸는데도 총알이 온전히 관통을 못 하고 튕긴 것이다.

"쳇! 안 뚫리잖아."

어찌 되었든 한쪽 낫이 무력화된 멘티스에게 권산이 무라사키 중검을 들고 달려들었다. 다른 수컷의 앞발이 권산의 사각인 등 쪽으로 떨어졌으나 미나가 육각 실드를 만들어내자 불꽃이 튀기며 미끄러졌고, 못 버틴 육각 실드가 깨져 나갔다. 미나는 그녀의 정신과 연결된 실드가 깨지자 충격이 넘어왔으나 이를 악물고 다시 실드를 만들어 권산의 머리와 등 쪽을 보호했다.

권산이 마침내 3마리의 멘티스 가운데로 들어서자 봉진기가 양팔을 활짝 펼치며 권산에게 에너지 결계를 시전했다.

반구형의 푸른 막이 권산을 포함하며 멘티스의 머리와 앞발 쪽을 잡아먹었고, 막의 경계에 몸이 낀 멘티스들은 땅에 못 박힌 뒤쪽 배를 마구 흔들어댔다.

크라라라라!

"크윽! 안 되겠어요. 1분도 못 버티겠어요."

권산은 동시에 검기를 만들어내 첫 번째 수컷의 남은 낫 한 쪽을 날려 버렸다. 저격 라이플의 탄환에도 끊어지지 않은 각 피가 용살검법 단 한 번의 참격에 절단되었다.

첫 번째 수컷은 이제 무기를 잃고 무력화된 것이나 다를 바 없었다. 제임스는 수컷의 배 쪽으로 돌아가며 가공할 파워로 갑각을 잡아 뜯고 다리를 뽑아내었다.

크아아앙!

제임스의 포효와 수컷의 괴성이 난무했고, 다른 수컷과 암 컷이 제임스를 공격하기 위해 앞발을 휘둘렀으나 봉진기의 결 계에 막혀 아무런 타격도 줄 수 없었다. 화가 난 멘티스가 권 산에게 엄청난 공격을 퍼부어댔으나 권산은 그야말로 번개와 같은 보법을 밟으며 이리저리 낫을 피하다가 간혹 미나의 실 드를 이용해 머리와 등을 보호했다.

찰나지간 미나의 실드는 멘티스의 낫 공격을 비스듬히 방 어하면서 몇 번이나 깨져 나갔다.

서의지의 라이플이 다시금 불을 뿜자 두 번째 수컷의 한쪽 눈알이 날아갔다. 상대적으로 약한 부위를 노린 것이다.

권산은 동시에 허리춤의 소검을 뽑아 비검의 기술로 던져 다른 눈 부위에 박았다. 수컷은 광분하며 마구 낫을 휘둘렀고, 그러다 보니 탄소강 낫이 옆구리의 갑옷을 뚫고 베며 지나갔다.

백민주는 권산이 부상을 입자마자 치료 광선으로 권산의 신체를 감쌌다. 단숨에 옆구리 부상이 치료되고 체력이 회복되어 움직임이 쾌적해졌다.

'대단한 이능력이군.'

첫 번째 수컷은 제임스에게 완전히 제압당했고, 두 번째 수컷은 눈알에 박힌 소검에 묻은 제오늄의 효과가 시작되는지 빳빳하게 몸이 굳어 꼼짝도 못 하고 있었다.

권산이 암컷의 공격에 몸을 띄워 피하며 수컷의 앞발을 용살검기로 잘라내었다. 동시에 봉진기가 더는 버티지 못하고 결계를 풀었고, 움직임이 자유로워진 암컷은 지능적인 움직임으로 후방 지원을 하는 넷에게 몸을 돌려 돌진했다.

10미터짜리 괴수가 분노에 차서 앞발을 휘두르며 달려드는 모습은 정말 사냥이 업인 헌터라 할지라도 공포에 주저앉을 만한 장면이었다. 실제로 넷은 암컷이 뿜어내는 살기에 사로잡혀 움직임이 경직되었고, 드론을 조종하던 유재광도 혼이 빠져 입을 열고 덜덜 떨 지경이었다.

'일반적인 검기는 안 닿는다.'

권산은 중검을 휘두르며 초살참을 시전했다. 푸른색의 거대한 초승달이 찰나에 수평으로 그어졌다. 암컷 멘티스의 거대한 육체는 상하로 양분되며 달리던 속도 때문에 가슴 위쪽은 유재광이 있는 쪽으로 얼음에 미끄러지듯 밀려났고, 다리와 배는 먼지구름을 피워내며 지면에 털썩 주저앉았다.

"뭐, 뭐지? 왜 반 토막이 난 거지?"

유재광은 촬영용 드론을 수습하지도 못한 채 손을 덜덜 떨며 땀 같은 수증기를 뿜어내는 권산을 가리켰다. 제임스가 두 번째 수컷마저 정리하고 오자 권산은 3마리의 이마에 박힌 다이아몬드 원석을 뽑아내었다. 몸체의 크기가 가장 큰 암컷의 다이아가 상대적으로 더 컸다.

길드로 좌표 전송을 한 뒤 몸통의 라독을 수습하고 인천 관문을 향한 귀로에 올랐다.

물론 안전하게 길을 여는 것은 서의지의 몫이었다.

7장
인공지능 이데아

　미나의 레이드 두 번째 방송. 시청률 20%.

　첫 번째 방송의 반응이 워낙에 좋았던지라 입소문을 타서 비정기 방송임에도 불구하고 놀라운 시청률이 기록되었다.

　광야를 질주하는 벌처 레이싱이 시원한 연출로 스릴감 넘치는 사운드와 함께 화면에 가득 나타났다.

　두 번째 방송에는 특히 다이아몬드멘티스를 발견하기까지 4일간의 시간 동안 파티원이 먹고 자는 모습에 재밌는 연출을 가미하여 밀림 생존의 리얼 버라이어티를 연상케 하였다. 멘티스를 발견하고 손발을 맞춘 협동 공격에 이어 서의지의 저격, 미나의 실드 플레이, 권산의 회피 보법, 제임스의 변신, 백민주의 치료술, 봉진기의 결계 능력이 차례로 등장했으나 역시 미나의 실드 플레이에 가장 많은 컷이 할애되었다.

대미를 장식한 건 암컷 멘티스를 절단 낸 푸른 광선이었다. 권산의 검에서 뿜어져 나온 광선이 푸른 초승달과 같은 형상으로 10미터짜리 멘티스를 도륙 낸 부분은 여러 각도의 드론에서 촬영되어 수차례나 반복 재생 되었다.

방송에서는 에너지 분출 계열의 이능력인 것 같다는 전문가 측의 설명이 첨가되었다. 방송이 끝나고 관심은 가면을 쓴 검사에게 집중되었다.

—다들 마지막 컷 봤어요? 완전 쩔어.

—어떻게 그 큰 괴수가 두 토막이 나지? 단단한 거 같던데.

—총알로도 안 뚫리는 것 같던데 이상하네. CG 아닐까요?

—CG는 아닐 듯요. 피가 실감 나잖아요.

—몸놀림도 굉장히 빠르고 이능력자이긴 한데 뭔가 제대로 단련한 느낌이네요.

—빨리 정체가 밝혀졌으면 좋겠습니다.

소셜을 본 김태훈 PD가 프로그램 제목을 미나의 레이드에서 가면 검사의 레이드로 변경할까 심각하게 고민했다는 후일

담이 있었다.

"레이드 동안에 공사를 끝냈어요. 지하로 가보시죠."

권산은 민지혜와 함께 아지트의 지하실로 내려갔다. 지하라
고는 생각할 수 없는 쾌적한 시설에 흰색 내장재를 사용한 인
테리어로 몹시 현대적이고 깔끔하게 느껴졌다. 그 공간의 중
심에 수많은 LED 램프가 점멸하고 있는 소형 슈퍼컴퓨터 1대
가 서 있었다.

"가장 진보된 인공지능을 구현할 수 있는 것으로 알려진 일
본 알파고사의 이데아5 기종이에요. 우리나라에서는 구하기
힘든 물건인데 마침 CTX 편으로 수입된 게 한 대 있어서 제
가 붙잡았어요. 이 한 대에 6억이나 썼다고요. 기계 학습 기
능이 월등한지라 더 많은 데이터를 접할수록 사용자 편의성
이 높아질 거예요. 써보면 아시겠지만 거의 인간과 대화하는
수준이고, 또 온라인에 접속하지 않더라도 세상에 공개된 모
든 텍스트 정보가 저장되어 있기 때문에 검색만 하면 열람할
수 있어요."

권산은 사람 키만 한 슈퍼컴퓨터를 한 바퀴 돌아보았다. 전
투 보조 기기로 사용하기에는 과도한 느낌이 들었으나 한 번
의 목숨 값 정도라면 싸게 먹힌다고 생각했다. 돈을 아끼는
헌터는 살아남지 못한다는 격언도 있지 않는가.

"멋지군."

"WC를 주세요. 펌웨어 업그레이드할게요."

권산이 귀 뒤의 부착식 컴퓨터를 떼서 건네자 민지혜는 이데아의 본체를 건드려 키보드를 인출시키고 패드 위에 WC를 올려놓았다. 사전에 직접 만든 펌웨어 소프트웨어를 이데아에 넣어두었던 것이다. 무선으로 펌웨어 업그레이드가 끝나자 권산은 다시 귀 뒤쪽에 부착했다.

"자, 통신 연결합니다."

민지혜가 키보드를 두드리고 마침내 엔터를 누르자 권산의 렌즈 화면에 '뾰로롱' 하는 효과음과 함께 검은 머리의 작은 소녀가 두꺼운 뿔테 안경을 쓰고 나타났다. 등에 얇은 날개까지 두 쌍이 달려서 어린이 만화의 요정인가 했더니 생김새가 영락없는 꼬마 민지혜다.

―짜잔! 이데아 왔어요~

렌즈 화면에서 자유자재로 헤엄치던 이데아는 권산이 무의식적으로 벌레를 쫓는 듯 손바닥을 휘젓자 기분이 상했는지 양 볼을 부풀리며 땅에 서서 팔짱을 꼈다.

―흥! 이데아가 벌레인 줄 알아요?

권산은 이 개성 넘치는 캐릭터에 얼이 빠져서 민지혜를 멍하니 쳐다보았다. 이데아는 권산의 렌즈를 통해서만 보이지만, 민지혜가 직접 이데아의 자아와 외모를 설정했기 때문에 권산이 왜 그러는지 알고 있었다.

"제 어릴 적 모습을 넣었어요. 아무래도 익숙한 게 좋잖아요? 정해진 인터페이스는 없는 AI이니 직접 부딪쳐 가며 이데아의 기능을 설정하시면 돼요. 옥상의 무선 송출탑은 제가 알아서 잘 세워놨으니 안 보셔도 되고요. 그럼 전 이만."

민지혜가 손을 흔들며 사라지자 이데아도 민지혜를 향해 손을 흔들었다. 어떻게 보면 엄마와 딸처럼 보이기도 했다. 권산은 고개를 절레절레 흔들었다. 이 정도로 강력한 인공지능이라니 상상도 하지 못했다.

"이데아, 혼란스러우니 잠깐 사라져 줄래?"

─알았어요, 주인.

특유의 '뾰로롱' 하는 소리와 함께 이데아가 사라지자 권산은 지끈거리는 머리를 매만졌다.

슈퍼컴퓨터실에서 빠져나와 마룻바닥으로 시공된 도장실로 들어갔다. 사람이 북적이는 1층에서는 영 수련을 할 수가 없어서 권산이 특별히 원한 공간이다.

좌정을 한 권산은 최근의 레이드를 복기했다. 특히 마지막 괴수에게 초살참을 시전했을 때 스스로도 깜짝 놀랄 만큼 거대화된 반월형 검기가 분출됐음을 기억했다. 권산의 내공량은 1갑자에 이르렀지만 분명 6성의 공력으로 초식을 시전했다. 한데 발출된 검기는 분명 1갑자 전부를 사용한 것 이상이었다.

'내 내공으로는 불가능한 수준의 초살참이었어. 더구나 혈맥이 굳는 부작용도 크게 없고. 대체 어찌 된 영문이지?'

권산은 품에서 주머니에 담긴 붉은색 보석을 꺼냈다. 이두칼날코브라를 제거하고 얻은 심장의 파편이다. 당시 기묘한 반탄력을 느껴 연구할 목적으로 가지고 있었다. 권산의 날카로운 안목에 미세하지만 보석의 부피와 질량이 감소한 것이 느껴졌다.

"이데아, 지금 이 보석의 질량을 기록해 줘."

이데아는 구석에 나타나 렌즈의 시야 화면을 이용해 보석을 3차원으로 스캔하더니 복잡한 연산을 통해 질량을 계산해 내었다.

[52g]

권산은 한쪽 손에 보석을 움켜쥐고 반대쪽 손으로 내기를 집중시켰다. 특별한 현상이 없었다.

레이드 당시와 지금 무엇이 다른지 복기했다. 그때 보석은 갑옷 벨트 앞쪽 주머니에 들어 있었다. 혹시나 하는 마음에 보석을 단전 앞으로 가져가 몸에 붙이고 다시 한번 손에 내기를 집중하자 놀랍게도 보석은 권산의 내공 흐름에 미세한 진동과 함께 공명하며 본신진력의 두 배에 달하는 강력한 기운이 손바닥에 집중되었다. 공기가 이글이글 타오르며 아지랑이가 피어올랐다.

권산은 그대로 자리에서 일어나 공기 중에 통천권을 시전했다. 황금빛이 서린 발경이 대기의 한 점에 송곳처럼 폭사되며 진공이 터지는 소음과 함께 사그라졌다.

보석을 몸에서 떼고 다시 운기를 해보니 과연 줄어든 내공의 양은 예측한 그대로였다. 이 보석이 내공을 증폭시키는 효과가 있는 게 확실했다.

"이데아, 이 보석의 질량 변화를 알려줘."

—초기값 52g에서 50g으로 4% 질량이 감소했어요, 주인.

지금 수준의 내공 증폭을 25회 반복한다면 보석이 완전히 사라진다는 계산이다.

'정말 대단한 물건이군.'

내공 증진은 시간과 정신력이 지루하게 소모되는 마라톤이다. 소모품이긴 했으나 이런 보석 하나로 내공 증폭이 가능하다면 산을 허물고 강을 밀어내는 등 전설로만 회자될 법한 무술의 경지를 재연하는 것도 꿈은 아니었다. 뭔가 보석이 작용하는 방식은 상이했으나 전설에 등장하는 영물의 내단이 아닌가 하는 생각도 들었다.

"이데아, 보석의 정보를 알아봐 줘."

―투과광에는 적색, 반사광에 녹색이 검출되는 것을 봐서 알렉산드라이트(Alexandrite) 계열 원소로 구성된 것 같지만 분해해서 분석해 봐야 정확히 알 수 있어요.

"인간이 먹어서 소화시킬 수 있을 것 같아?"

혹시나 정말 내단이 아닌가 하는 생각 때문이다.

―먹었다가는 병원에 가야 할걸요.

"흠, 그렇군. 변종 괴수에게서 얻은 보석인데, 현재 괴수 정보에 이와 비슷한 보석 종류가 등록된 게 있어?"

이데아는 눈을 잠시 감았다가 뜨고는 대답했다.

―현존하는 지구상 모든 국가의 공식 DB에는 등록되어 있지 않아요. 명명된 이름도 없어요. 그런데 엠베이몰(Mbay)에 유사한 보석을 판매한다는 글이 올라와 있어요.

엠베이몰은 괴수 사냥에서 얻어지는 여러 부산물 중 라독을 제외한 사체나 광물, 보석 등을 쉽게 대중에게 판매할 수 있도록 만들어진 전자 시장이었다.

"보여줘."

시야에 판매창 하나가 올라왔다.

[미감정 보석 판매]

종류: 불명

특징: 적녹색

획득 경로: B+급 폭열황소 변종, 심장에서 발견

판매 길드: 이지스 길드

판매가: 5천만 원

이능력에 작용하는 보석은 아니고, 그렇다고 대중적으로 알려진 보석도 아니라서 엠베이몰에 올린 모양이다. 올라온 시간을 보니 바로 3일 전이다. 이미지로 보자면 내공 증폭 효과가 있는 바로 그 보석과 똑같았다.

"운이 좋군. 주문해 줘."

권산은 이데아 슈퍼컴퓨터 본체와 연결 상태도 체크해 볼 겸 집을 나와 벌쳐에 탑승했다. 주머니에서 명함 한 장을 꺼내자 '국립괴수연구소'라는 이름이 보인다. 괴수 조직 분석에 대해서는 국내 제일의 연구소라는 평가를 받는 곳이다.

권산은 강남구로 향했고, 높은 담벼락으로 둘러싸인 병원처럼 보이는 연구 시설에 도착했다.

"국립괴수연구소라……."

안내실의 무인 터치 패드에 조직 분석 의뢰를 누르자 어디로 가면 될지 단지 지도와 동선이 표시되었다. 본관을 끼고 돌아 별관 쪽으로 걸어가자 바닥면에 화살표가 뜨며 분석실로 연결되는 복도를 표시해 주었다.

'과하게 무인화되어 있군.'

현재 작업 중인 분석실로 들어가자 피곤이 턱 끝까지 내려온 더벅머리 연구원이 모기만 한 목소리로 물어왔다.

"분석하실 조직 샘플을 주시겠어요. 분석 수준에 따라 차등 비용이 발생합니다."

권산은 보석을 건네주었다. 연구원은 현미경으로 보석을 관찰하며 여러 가지 색상의 광선을 쬐었다.

"이거 잘 모르겠는데요. 시료를 조금 채취해서 양자 현미경으로 봐야겠어요. 괜찮으신지?"

권산이 고개를 끄덕이자 연구원은 레이저 커터로 보석을 약간 절단해서 다른 연구실로 가져갔다.

권산은 연구원이 오기 전까지 이리저리 시선을 돌려보다가 두껍게 쌓인 논문 더미 밑에 삐져나온 종이에 적힌 제목을 읽었다.

라독 인공 합성에 대한 가능성 연구

호기심이 생긴 권산은 조심스레 논문을 빼서 읽기 시작했다.

전 지구를 뒤덮은 방사능에서 인류가 생존하기 위해 이 연구를 시작한다. 라독을 가진 괴수의 개체 수가 폭발적으로 늘어나면 인류가 괴수의 먹이가 되어 멸종할 것이고, 괴수의 개체 수가 과하게 줄면 라독을 구하지 못하므로 결과적으로 방사능에 오염된 인류가 멸종할 것이다. 헌터들의 레이드로 현재까지는 균형이 유지되고 있으나 어떤 환경적 변화로 인해 균형이 무너지면 어느 쪽이든 인류는 파멸로 갈 것이다. 하지만 만약 라독을 인공적으로 합성해 낼 수 있다면 방사능으로부터 자유로워질 수 있고, 청정 지역 바깥의 영토로 인구와 거주지를 넓혀 궁극적으로는 위험한 괴수들을 멸종시킬 수 있을 것이다. 이러한 목적을 위한 첫 단추로 이 연구가 쓰였으면 한다.

이후의 본문에는 권산이 알아볼 수 없는 전문적인 도표와 화학식으로 나열되어 더 이상은 읽을 수 없었다.

때마침 연구원이 나타나며 출력된 분석 보고서를 들여다보다가 고개를 들어 권산을 올려보았다.

"굉장한 분자 구조의 광물질… 뭐야? 다, 당신 뭘 본 거야?"

연구원은 부리나케 달려와 권산의 손에서 논문을 뺏었다.

떨리는 손으로 종이를 들어 제목을 보고는 털썩 주저앉았다.

권산은 연구원이 왜 저러는지 알 수가 없어 한 걸음 물러나며 조심스레 물었다.

"훌륭한 발상의 논문이던데 내가 봐서는 안 되는 거였소?"

"내 스스로의 기록이 필요해서 남긴 논문입니다. 누구에게 보라고 적은 게 아니란 말입니다."

연구원은 주섬주섬 종이를 줍고는 테이블에 올려놓고 의자에 앉았다.

"부탁인데 못 본 척해주세요."

"기왕에 본 것, 왜 그렇게 숨기려고 하는지나 좀 압시다."

권산은 마주 보는 의자에 앉아 연구원의 눈을 바라보았다. 연구원은 흘러내리는 안경을 추켜올리고는 침중한 음성으로 입을 열었다.

"가능하지만 가능하지 않은 연구예요. 각국 정부가 의지만 있었다면 이미 10년 전이라도 완성했을 연구입니다. 그렇다면 방사능 해독제를 못 구해서 죽어가는 빈민들도 없었을 것이고요."

연구원은 연구의 성공 가능성이 아니라 인공 해독제를 만들어냄으로써 벌어질 상황을 말하는 것이었다.

"내가 설사 연구를 성공한다고 해도 절대로 정부가 허가해주지 않을 겁니다. 어차피 지금 상태라면 성공하지도 못하겠지만요."

"꽤 진척된 것처럼 보였는데요?"

"네, 이론뿐이긴 하지만 꽤 진척은 되었어요. 이곳에서 일하며 다양한 괴수의 조직 시료를 감정해 유전 물질을 많이 채

취했어요. 하지만 정말 핵심적인 화학식을 완성하자면 고등급 괴수의 라독이 필요해요. 그 라독의 DNA 게놈(Genome) 지도를 분석해서, 해독제의 요소로 작용하는 염기 서열을 모방할 수 있는 화합물을 만들어내야 해요. 그러면 완성되는 겁니다. 하지만 더는 어려워요. 첫째로 라독 자체를 국가에서 관리하기 때문에 한 톨의 시료도 구할 수가 없고, 둘째로 게놈 지도를 분석할 수준의 슈퍼컴퓨터가 없기 때문이죠."

권산은 왠지 재밌다는 듯한 표정으로 대답했다.

"만약 두 가지 문제를 모두 내가 해결해 줄 수 있다면 어떻소?"

"하하, 꿈과 같은 이야기지요. 그렇게 되어 결국 내가 해독제 효과를 내는 인공 화합물을 만들어낸다고 쳐도 정부가 시판하도록 허가해 주지 않을 겁니다. 지금의 레이드 시스템하에서 정부가 라독을 독점하여 거두어들이는 세금이 국가 예산의 반이나 차지하고, 특권 계층인 헌터들의 반발도 무시하지 못할 테니까요. 인공 해독제가 저가에 풀리면 라독의 가치는 괴수 눈알만도 못하게 될 테고, 자연스럽게 헌터들의 지갑이 얇아지면 범죄를 저지르는 이능력자도 생겨날 겁니다."

꽤나 가능성이 높은 추론이었다.

'그런 부작용이 생긴다 해도 다수의 평범한 사람들을 생각하면 인공 해독제는 만드는 게 옳을 것 같다.'

뭔가 심각한 고민에 빠져 있는 권산을 보며 연구원은 논문을 치우고 분석 보고서를 내밀었다. 권산이 가져온 붉은 보석에 대한 분석 내용이었다. 권산이 찬찬히 읽어나가자 연구원이 부가적으로 설명을 곁들였다.

"겉보기와는 달리 상당히 불안정한 분자 구조를 가진 광물입니다. 암석보다는 금속에 가까워요. 원자를 돌고 있는 전자 궤도의 최외각전자가 쉽게 이탈할 수 있기 때문에 반응성이 높아서 에너지를 가했을 때 연쇄반응이 일어납니다. 헌터이신 것 같은데 혹시 이능력에 반응하는 광물인가요?"

권산은 고개를 끄덕였다.

"그렇소만."

"아직 학계에 따로 보고된 적이 없어서 명칭은 알려 드릴 수 없지만, 이런 분자 구조를 가진 광물의 반응성을 조절하는 방법은 알아요. 이 분석 정보를 구매하시겠어요? 비용은 5백만 원입니다."

"좋소."

권산이 인식표로 전자화폐를 이용해 대금을 지불하자 연구원이 권산에게 출력된 설계도 하나를 건네주었다. 광물 케이스를 중심으로 6개의 탐침이 케이스의 빈 공간을 찌르는 구조로 설계된 도면이었다.

"우라늄의 반응성을 흑연봉으로 제어하듯이 텅스텐 탐침을 광물과 접촉시키면 광물이 이능력에 반응할 때의 에너지 흐름을 억제할 수 있어요. 이런 구조로 설계하시고 탐침 별로 레버를 연결시켜서 단계를 조정하실 수 있습니다."

권산은 설계도를 챙기고 국립괴수연구소를 떠나기 위해 몸을 일으켰다. 나가기 전에 아지트의 주소를 적어 연구원에게 내밀었다.

"조금 전의 인공 해독제에 대해 내가 도울 수 있었으면 좋겠소. 관심 있으면 이곳으로 찾아오시오. 내 이름은 권산이오."

"저는 지명훈입니다."

악수를 한 뒤 권산은 연구소를 나와 벌쳐를 탔다.

다음으로 향한 곳은 김포 크래프트였다. 권산은 붉은 보석을 스스로 '내단석'이라고 칭하기로 하고 이 내단석의 반응성을 조절할 수 있는 벨트의 제작을 의뢰했다.

연구소에서 구입한 설계도대로 단전 앞에 고정할 수 있는 전면 버클을 만들고 6단의 레버를 달았다. 허리띠의 재질은 질기고 화염에 강한 'D급 용각랩터' 가죽으로 제작했다.

전기가 필요 없는 아날로그적인 방식으로 제작되었기 때문에 제법 정교한 장인의 수작업이 필요하여 제작에만 2천만 원이 쓰였다.

권산은 이 벨트를 '내공증폭벨트'라 부르기로 했다.

이후에 아지트 지하에 있는 도장으로 돌아왔다. 권산은 그동안 배워온 모든 무술 초식을 천천히 시전하며 도장의 4면에 배치된 반사거울을 통해 이데아에게 무술 동작을 입력시켰다.

또 특정한 동작 시에 굳이 음성 명령 없이도 이데아가 명령을 실행하도록 상호 간에 약속을 정해갔다.

"이런 식으로 상대를 가리키면 상대의 약점을 가상 화면에 띄워줘."

그리고.

"이렇게 하면 가장 확률이 높은 퇴로 루트를 보여줘."

또 내공을 사용할 때 발현되는 심박 수의 증가나 피부에 흐르는 미세 전류를 이용하여 초식을 전개할 때마다 총 내공의 몇 퍼센트가 소모되는지 표현하는 게이지를 렌즈 화면에 띄울 수 있도록 UI(User Interface) 화면을 만들었다.

간접 측정 방식이긴 했으나 권산이 깜짝 놀랄 정도의 정확도를 보여주었다.

"혹시 시뮬레이션도 가능해?"

─어떤 종류의 시뮬레이션이죠?

"음, 예를 들면 내 AR렌즈를 이용해 가상의 상대를 눈앞에 등장시켜 모의 대련을 벌일 수 있어?"

─데이터만 쌓이면 못 할 것 없죠. 저야 기계 학습으로 어

떤 분야이든 파고들기만 하면 끝없이 발전하는 똑똑한 이데아니까요. 호호호!

권산은 날개 달린 작은 소녀가 입을 막으며 깔깔대자 귀엽게는 보였으나 한편으로는 인공지능이 유머까지 습득했다는 것에 섬뜩함을 느끼지 않을 수 없었다.

"자, 그럼 한번 해보자. 상대는 나와 같은 모습으로 띄워줘. 내가 보여준 무술이나 웹에 올라온 격투기 자료를 기반으로 상대해도 좋아. 자, 시작하자."

권산의 눈앞으로 권산과 똑같은 외형에 검은 수련복을 입은 남자 하나가 스르르 떠올랐다.

3D로 만들어낸 권산의 모습이다. 윤곽선에 약간의 이물감이 있을 뿐 맨눈으로 자신을 보면 꼭 그 모습일 터였다.

대련은 끝없이 이어졌다. 권산은 편의상 상대를 흑권산이라 불렀다.

단순히 검은 옷을 입었기 때문이다.

흑권산의 초식 하나하나는 권산이 보인 움직임을 따라 했기 때문에 완벽한 자세였다.

하지만 초식의 연결이 부자연스럽고 상황마다 적재적소에 필요한 응용력이 떨어졌다.

권산은 단 한 대도 맞지 않고 보법을 밟으며 흑권산을 난타했고, 흑권산은 이데아의 물리 엔진이 반영되고 있는지 충격을 입으면 날려가고 꺾이며 부러지는 등 온갖 종류의 부상이 생겼다가 스르르 복구되어 다시 달려들었다.

대련을 시작한 지 2시간이 지났을 때 권산의 체력이 떨어져 동작이 느려지자 처음처럼 생생한 움직임을 보이는 흑권산의 일권이 처음으로 가슴에 적중했다.

어디서 가져왔는지 알 수 없는 이국적인 무술 동작이었다.

권산은 왼쪽 팔로 권격을 걷어내었지만 이미 흡수한 충격 때문에 스르르 뒤로 밀려났다.

얻어맞은 가슴에 아릿한 통증도 느껴졌다.

분명 시뮬레이션으로 만들어낸 가상의 대결이건만 완벽하게 몰입한 권산이 스스로 만들어낸 심상 때문이었다.

강력한 자기암시는 무의식에 영향을 주기 때문에 현실에서도 반영되는 법이다.

권산은 중국에서 스승인 이광문이 명상을 통해 가상의 수련을 하다 내상을 입는 것도 직접 목격한 바가 있다.

렌즈 화면을 통해서 명상보다 훨씬 강렬한 시각적인 상대에게 얻어맞았으니 어쩌면 당연한 현상일지도 모른다.

"놀랍군. 이렇게 빨리 실력이 늘다니, 방심했어. 오늘은 여기까지 하자. 다음에 다시 한번 하자고."

흑권산이 스르르 사라졌고, 예의 요정 모드 이데아가 나타났다.

―이데아 잘했어요? 다음엔 온 세상의 격투 자료를 다 모아서 입력해 놓을게요. 호호호!

　왠지 오싹해지는 권산이었다.

8장
정부 미션

차슬아의 갑작스러운 방문.

권산은 아지트의 문을 부지불식간에 열어주고 지금 그 행동을 후회하는 중이다.

"정말 얼마만의 정부 미션인지 몰라요. 아오! 좋아! 권산 헌터님이 들어온 뒤로 얼마나 일이 술술 풀리는지. 물론 미나 언니 인기 덕도 톡톡히 봤고요."

차슬아가 얼마나 수다를 떠는지 권산은 머리가 다 지끈거렸다. 이미나와 백민주까지 합세하자 더는 못 버티고 현관 밖으로 나갔다.

"날도 좋은데 우리도 밖에서 이야기해요."

세 명의 여자는 찻잔을 들고 나와 테라스의 티 테이블에 앉아서 이야기가 재밌는지 웃음을 터뜨렸다. 차슬아는 조금 진정이 되어가는지 권산을 보며 본론을 꺼냈다.

"하여튼 이번 정부 미션을 성공시키면 길드가 앞으로 알짜배기 사냥을 할 수 있으니까 현무 알파에서 잘 해내주시길 바라요."

권산은 의자에 마주 앉았다.

"어떤 정부 미션인지 설명이 좀 필요할 것 같은데."

"자세한 건 따로 정보를 보내 드릴게요. 요약하자면 설악산에서 비행개미 둥지가 발견되었어요. 비행형 괴수라면 언제든지 민간인 밀집 지역을 습격할 수 있는데다 둥지의 확산이 빠르기 때문에 정부가 끔찍이 싫어하죠. 더구나 동해 쪽은 바다라는 천혜의 장벽이 있기 때문에 괴수들을 방어할 만한 장벽이나 군 병력도 없어요. 그 때문에 최단 시간에 중추인 여왕개미의 둥지를 찾아내서 좌표를 군으로 보내면 군에서 단거리 미사일을 발사할 거예요. 그렇다 해도 B급의 여왕개미가 미사일에 죽지는 않을 테니 마무리를 헌터들이 하면 미션이 끝나요. 여왕개미만 처리하면 시간을 두고 천천히 다른 둥지들도 정리하면 되니까요."

아무래도 비행개미 둥지는 위성에서는 제대로 보이지 않는 깊은 산중이나 땅속에 있는 모양이다. 미사일 유도가 필요할 정도라면 사람이 걸어서 접근하기 어려운 장소일 가능성이 컸다.

"현무 길드 단독 미션이오?"

"아니에요. 설악산이 좀 넓어야 말이죠. 비행개미가 얼마나 번식했는지도 알 수 없고요. 4개의 실력파 길드가 미션을 받았는데 이지스 길드도 참여해요. 물론 저는 이지스보다 우리 현무가 더 먼저 여왕개미 둥지를 찾을 수 있을 거라 생각하지만요. 이번 미션에서는 현무 알파와 현무 감마가 투입되는데 각자 다른 방면에서 레이드를 하시는 게 유리할 거예요."

차슬아가 돌아가고 미션에 대한 상세한 정보가 도착했다.

[미완료 정부 미션 1건]

의뢰자: 통일한국

의뢰 내용: 설악산 여왕 비행개미 둥지 좌표 송신 및 말살

보상액:

여왕개미 둥지 발견 50억 원

여왕개미 둥지 말살 50억 원

일반 둥지 파괴 건당 10억 원

[여왕 비행개미]

등급: B

특수능력: 비행, 환각 페로몬

생태: 군집

약점: 복부 알집

가치: 100억 원

[비행개미]

등급: D

특수능력: 비행, 개미 산

생태: 군집

약점: 복부 갑각 틈

가치: 5천만 원

그리고 설악산 전체를 조망한 위성 지도가 왔는데 둥지가 있을 것이라 추정되는 위치가 표시되어 있었다. 그런데 문제는 그 개수가 수십 개나 된다는 것이다.

우선 춘천시의 동부사단에서 미션을 수행할 4개 길드가 집결하여, 군에서 제공하는 둥지 폭파용 시한폭탄을 받은 뒤 각자 자유롭게 레이드를 벌이면 되었다.

춘천시 동쪽의 강원도 구역은 민간인 통제 구역인지라 보급품은 사전에 잔뜩 준비해야 했다. 권산은 보급품을 준비하는 동안 유재광에게 연락을 취했고, 그가 도착하자 파티원들과 함께 춘천시로 출발했다.

동부사단에 도착하자 현무 감마 파티원 8명이 먼저 도착해 있었다. 권산은 리더인 안상욱과 악수를 나누고 다른 길드 소식을 들었다. 이지스 길드는 20명의 헌터를 파견했고, 태양 길드와 배틀 길드 역시 각각 15명씩 헌터를 보냈다고 한다. 현무 길드에서 동원한 인원도 14명이니 머릿수는 얼추 비슷했다.

병사가 브리핑이 있다고 하자 권산은 파티원들을 연병장에 두고 안상욱과 작전실로 향했다.

헌터들은 군 경험이 없었으나 5년이나 군대 생활을 한 권산은 막사의 구조 정도는 몹시 익숙했다.

작전실 안에는 각 길드의 리더들이 테이블에 둘러앉아 있었는데 이지스 길드에는 권산도 아는 인물이 와 있었다.

넘버원 헌터 사준혁.

그는 불길이 일렁이는 눈빛으로 권산을 쏘아보았는데 누가 봐도 원한이 있는 것으로 보였다.

'왜 저러지?'

이두칼날코브라의 라독을 챙긴 이후 사준혁이 이를 갈고 있다는 것을 알 리가 없는 것이다.

"사령관님 오십니다!"

병사의 외침에 모두의 고개가 문 쪽을 향했다. 나타난 이는 이성장군인 소장급으로 놀랍게도 권산과 인연이 깊은 김만력이었다. 그새 별 하나를 더 달고 진급한 모양이다.

"쟁쟁한 헌터분들이 오셔서 몹시 안심이 됩니다. 비행형 괴수를 박멸하지 않으면 민간인 피해가 크기 때문에 잘 좀 부탁드립니다. 둥지 파괴용 폭탄은 연병장에서 불출해 드리겠습니다."

김만력은 권산을 바라보며 웃었고, 권산은 쓴웃음을 지으며 짧게 인사를 했다.

작전실의 3D 지형 테이블에 설악산 주변의 전경이 홀로그램으로 떴고, 최고봉인 대청봉으로 접근해 가는 4개의 루트가 군에서 짠 작전 계획에 맞게 노란색 화살표로 그어져 있었다.

하나의 루트당 20개가량의 둥지 추정 위치를 지나치도록 되어 있었는데, 말 그대로 추정이기 때문에 실제로 10개의 둥지를 만날지 30개를 만날지는 알 수 없었다.

"어떤 루트에 여왕의 둥지가 있는지는 알 수 없기 때문에 제비뽑기로 루트를 결정하시죠."

어차피 여왕의 둥지를 발견한다 해도 성급히 공략할 필요는 없었다. 먼저 군에 둥지의 좌표만 전송해도 군에서 미사일을 발사하여 둥지에 심각한 피해를 입힐 것이기 때문이다. 그 뒤에 힘을 모아 여왕개미를 말살하면 된다. 그럼 미션 성공비로 100억 원을 벌고 여왕의 사체를 팔아 100억 원을 버니 그야말로 돈벼락이 쏟아지는 미션이 아닐 수 없었다.

권산은 대표로 나와 대청봉 능선의 북쪽 루트인 '죽음의 계곡'을 뽑았다.

이름부터가 뭔가 느낌이 안 좋았다.

"자, 출발하시죠."

헌터들이 일어나서 나가자 김만력은 슬쩍 다가와 권산의 어깨에 손을 올렸다.

"잘 살고 있는 것 같아 기쁘군."

"덕분입니다."

"이번 작전에 위에서도 관심이 많아. 잘 부탁하네. 종종 연락하세나."

권산은 김만력에게 간단히 인사를 한 뒤 연병장으로 갔다.

이미 둥지 파괴용 폭탄이 벌처에 실리고 있었다. 루트별로 총 30개의 폭탄이 지급되었다. 권산과 안상욱이 인원을 점검하고 북쪽 집결지로 떠나자 이지스 길드에서 이를 바라보는 눈이 있었다. 바로 사준혁이었다.

"은영아, 이번 레이드는 빠지고 현무 길드를 추적해 줘. 통신은 계속 켜두고."

오은영이 고개를 끄덕였다. 그녀의 벌처가 마저 연병장을 빠져나가고 수십 대의 벌처가 연이어 각자의 집결지로 떠나갔다.

설악산은 도로가 제대로 갖춰져 있지 않아 집결지를 넘어선 도보로 들어가는 수밖에 없었다.

현무 길드가 떠나고 얼마 후 멀찍이 떨어진 곳에 한 대의 벌처가 멈춰 서더니 오은영이 나타났다.

그녀는 수풀을 이용해 벌처를 위장하고 자신의 이능인 은신을 펼쳤다. 몸 주위의 대기가 어그러지며 빛을 관통시켰고, 전신은 다른 위상 주파수를 가진 공간으로 흡수되었다.

시각적인 요소에 한정되긴 했으나 그야말로 완벽히 은폐할 수 있는 뛰어난 기술로 아직까지 헌터는 물론 괴수까지도 눈으로는 오은영을 발견한 사례가 없었다.

신체가 다른 공간으로 넘어가기 때문에 은신한 상태에서는 마치 영혼처럼 물리적인 피해를 입지 않게 된다.

은영이 현무 길드의 발자취를 따라갔고, 곧이어 두 개의 무리로 갈라졌다. 본능에 따라 적은 수 쪽으로 방향을 잡았고, 권산의 파티가 둥지를 공략하는 것을 볼 수 있었다. 몸길이 2미터의 다섯 마리의 비행개미가 높이 10미터가량의 개미집과 같은 구조물에서 기어 나오자 놈들이 비행에 들어가기 전에 속공으로 잡아내고 있었다.

더 나타나는 개미 괴수가 없자 파티는 둥지의 입구로 진입해 잠시 후 다시 나타났다.

'폭탄을 설치했구나.'

쾅!

강한 진동과 함께 둥지의 흙더미가 폭발하며 비산하자 더이상 비행개미는 나타나지 않았다. 은영은 통신으로 사준혁에게 권산이 하나의 둥지를 파괴했음을 알렸다. 이동하는 권산에게 은영은 지근거리로 따라붙었고, 손을 뻗으면 닿을 정도로 접근하자 갑자기 권산이 검을 뽑아서 냅다 은영에게 휘둘렀다.

소름 끼치는 파공성과 함께 검광이 아슬아슬하게 은영을 스치자 은영은 비명이 터져 나오는 입을 가까스로 틀어막고 뒷걸음질 쳤다.

'발각됐어!'

검의 궤적에 머리카락의 끝이 미세하게 잘려 나갔다. 은신 상태에서는 그 어떤 물리력에도 피해를 입지 않건만 권산의 검에는 뭔가 알 수 없는 힘이 있는 것이 분명했다.

'음, 뭔가 있는 것 같은데.'

권산은 육감에 스며든 느낌을 애써 지우며 머리를 갸웃거렸다. 거의 본능에 가깝게 발검해서 허공을 베었지만 걸리는 건 아무것도 없었다.

그 누구도 자신의 이능력을 꿰뚫어 보지 못했던 오은영의 입장에서 보자면 실로 기가 막힌 일이었지만, 그건 권산의 입장에서도 마찬가지였다.

미나가 고개를 돌려 물어왔다.

"뭐가 있어요?"

"아니야. 느낌이 이상해서."

권산은 다음 루트로 길을 이어 갔다. 수림은 점점 울창해지고 사람이 다닐 만한 길은 완전히 끊겼다. 권산은 선두에서 중검을 휘두르며 길을 열고 후방은 서의지에게 맡겼다.

이렇게 시야에 장애가 많은 지형에서는 서의지의 시력 강화보다는 권산 자신의 기감에 의존하는 게 차라리 나았다. 만약 괴수에게 급습을 받는다면 봉진기의 결계 능력으로 재빨리 괴수를 가둔다는 약속이 되어 있었다.

"이데아, 루트를 띄워줘."

—네, 주인.

권산의 눈에 목적지까지의 거리와 루트가 노란색 선으로 표현되었다.

직선거리 200m만 가면 다음 둥지 후보지가 나타난다. 두 번째 둥지는 바위 언덕의 움푹 들어간 안쪽에 자리 잡고 있었다. 확실히 공중에서는 볼 수 없는 위치인데 작전 지도에는 표시되어 있는 걸 보니 제법 유능한 작전 장교가 있는 모양이다.

"모두 몸을 숙여. 비행개미 한 마리가 공중에 있다. 서의지, 맞출 수 있겠어?"

서의지는 고개를 저었다. 거리도 거리지만 움직이는 속도가 빨랐다.

"유인한 후 제거하자."

권산이 접이식 세라믹 방패를 가지고 둥지 쪽으로 달렸고, 비행개미는 권산을 발견한 뒤 급강하하여 한 무더기 개미 산을 쏟아내었다. 권산은 접이식 세라믹 방패를 펴고 몸을 숙였다. 마치 우산에 흘러내리는 빗물처럼 개미 산이 방패 주변으로 흘러내렸다.

타앙!

대구경 라이플이 불을 뿜자 비행개미의 한쪽 날개가 날아가며 동체가 땅으로 추락했다.

제임스가 변신하며 달려와 발톱으로 머리를 후려치자, 개미는 단박에 머리통이 뜯겨져 나가며 움직임을 멈췄다.

"자, 좀 전 같은 패턴으로 둥지로 진입합시다."

세라믹 방패를 들고 한 손에 티타늄 장창을 든 권산이 선두로 들어가고 제임스가 두 번째로 들어갔다. 사람이 들어갈 만큼 거대한 동굴이긴 하지만 전투를 벌이기에는 좁기 때문에 두 사람이 동시에 들어가면 꽉 찬 느낌이 들었다. 서의지와 봉진기는 입구를 지키기 위해 남았다.

드론 카메라를 운용하지 못하기 때문에 유재광은 직접 어깨에 카메라를 올리고 따라 들어갔다.

동굴의 어둠 속에서는 유재광의 광원 생성 이능력이 꽤 유용하게 쓰였다. 여기저기 허공에 광구를 띄우고 속도에 맞춰 이동시켰는데 어둠이 완전히 밀려나 일행의 시야를 밝혀주었다.

치카치카 하는 소음과 함께 대여섯 마리의 비행개미가 나타났지만, 권산과 제임스가 돌진하여 밀어붙이고 한 번씩 쏟아지는 개미 산은 미나가 최대한 방어했다. 백민주의 눈에서 쏘아지는 치료 광선도 동시에 두 명을 치료했기에 지하로 10미터가량 진입하는 동안 위기라고 할 만한 일은 없었다.

가장 깊숙한 심처에 이르자 비행개미들이 비축한 갖가지 생물들의 피륙이 식량으로 남겨져 흰색 섬유질에 돌돌 말려 쌓여 있었다. 권산은 등의 배낭에서 시한폭탄을 빼내 설치하고 왔던 길을 되돌아 빠져나왔다. 비행개미들의 라독을 빼내는 것도 잊지 않았다. 권산 일행이 빠져나오고 10분 뒤 '쾅' 하는 소음과 함께 땅이 폭삭 주저앉았고, 개미둥지는 흔적도 없이 사라졌다.

몇 개의 둥지를 더 제거하고 날이 저물자 권산은 두 개의 거대한 바위가 맞닿아 하늘을 가리고 있는 동굴에서 야영 준비를 했다.

분위기 메이커인 서의지가 시력 강화로 반경 5㎞가량을 훑어보고는 익살스럽게 외쳤다.

"아이고, 별로 세지도 않은 괴수 놈들이 넓게 퍼져 있으니 시간만 왕창 잡아먹네요. 이건 괴수 때문이 아니라 산 타다가 죽겠습니다."

백민주가 그런 서의지의 옆구리를 꼬집으며 낮게 으르렁거렸다.

"기습을 해서 날지 못하게 했으니 쉬운 거지, 날아다니면서 산을 뿌려대면 쉬울 것 같아? 오늘 공격대가 사방에서 둥지들을 함락했으니 내일이면 여왕개미가 알아채고 반격할 줄 누가 알아?"

모닥불 주변에서 묵묵히 검을 닦던 권산은 백민주의 말이 일리가 있게 느껴졌다.

괴수의 지능은 편차가 크긴 하지만 군집 생활을 하는데다 개미의 특징을 가지고 있다면 여왕개미의 지능은 분명 경계치 이상으로 높을 것이다.

근방에서 다른 루트를 개척하고 있는 현무 감마의 안상욱에게 통신을 연결해 내일 아침에 합류하자고 메시지를 보냈다. 시간이 더 걸리더라도 변수는 줄이는 게 나을 듯했다.

이제 완연히 죽음의 계곡에 진입했고, 산비탈에서 내려오는 냉기가 온몸을 파고들었다.

"에췪! 감기 걸렸나 봐. 힝!"

미나가 늦가을 추위에 몸서리를 치자 제임스가 가져온 모포를 그녀의 어깨에 둘러주었다. 권산은 문득 미나가 어째서 이 험한 일을 계속하는지 궁금증이 들었다. 돈이 부족하지도 않고 유명세도 있다. 헌터들마다 각자의 사정이 있겠지만 미나는 언뜻 그럴 만한 이유가 없지 않은가?

"미나는 왜 헌터가 된 거지?"

미나는 양 손바닥을 활짝 편 채 모닥불을 쬐다 권산을 올려보았다. 어떤 의도인지 파악하는 듯했다.

"처음에는 내 재능을 이용해 홀로서기를 해보자는 마음이었는데 지금은 좀 바뀌었어요."

모두의 시선이 미나에게 모였다. 유재광은 뭔가 찬스가 왔다는 느낌을 받으며 소형 캠을 켜고 구도를 잡았다.

"일반인들은 연예인도 좋아하고 헌터도 좋아해요. 특별한 일을 하는데다 아무나 할 수 없는 일이니까요. 그런데 내가 둘 다 해보니 그 시선의 의미가 좀 다르더라고요. 연예인이 이 팍팍한 세상에 재미를 주는 사람들이라서 좋아한다면 헌터는 방사능 천지인 지구에서 무서운 괴수들과 대신 싸우고 그 부산물로 모두에게 생명을 나눠 주잖아요. 존경받는다는 느낌을 받았어요. 그 정도면 이유가 될까요?"

나름대로 논리적인 이유이긴 했다.

권산은 절반은 납득을 했다. 미나의 생각은 그럴지 몰라도 진성그룹에서 '미나의 레이드' 방송까지 나간 마당에 그녀의 소재를 몰라 잡으러 오지 않는 것은 아닐 터였다.

진성그룹은 미나의 헌터 생활 덕에 그룹 인지도가 좋아졌을 것이고, 미나 개인적으로도 형제들 사이에서 두각을 보였으니 미래에 벌어질 상속 전쟁에서도 유리한 포지션을 잡게 될 것이다.

그 정도도 감안하지 않고 움직였다면 재벌가의 교육을 받은 이라 할 수 없으리라.

"그럼 이제 권… 검사님 차례인가요?"

미나는 실명을 말하려다가 유재광의 카메라를 의식해 가면을 벗지 않고 있는 권산을 보고 바로 말을 바꿨다.

권산은 답을 하고 싶지 않았으나 먼저 물어본 것이 자신이라 쓰게 웃으며 입을 열었다.

"가족들이 괴수에게 당했어. 시체도 온전히 건지지 못했지. 내가 헌터가 되어 괴수들을 죽이고 또 죽여서 그때 무력했던 순간을 속죄하는 거야. 물론 훌륭한 밥벌이가 되기도 하지만."

왠지 분위기가 진지해졌다. 다른 파티원들의 경우, 본인은 괴수와 비일비재하게 싸우며 사투를 벌이고 있을지언정 가족들이 그 위험에 노출된 이는 없었다.

"분위기가 이상하군. 내일 레이드도 있으니 다들 취침하도록. 첫 번째 불침번은 내가 서지."

별이 총총한 밤에 불씨가 나풀나풀 밤하늘로 올라갔고, 권산을 제외한 모두는 침낭에 몸을 눕혔다. 이윽고 유재광은 즐거운 미소를 지으며 카메라의 전원을 껐다.

"확실히 어제와는 대응이 달라요. 둥지당 5마리 정도가 있었다면 지금은 3배는 늘어난 거 같고 항상 5마리 정도가 하늘에서 비행하고 있습니다."

정찰을 다녀온 서의지가 현무 알파와 현무 감마 앞에서 낮은 음색으로 입을 열었다.

이곳에 모인 길드원이 14명이니 레이드를 멈출 정도는 아니었지만, 여왕개미가 괴수답지 않은 지능으로 상황에 대처하는 듯 보이는 게 마음에 걸렸다.

"다른 3개 길드도 마찬가지 상황이라면 여왕개미 굴을 발견하기도 전에 체력과 보급품이 먼저 떨어지겠어. 여왕이 있을 가능성이 가장 높은 대청봉 정상에 최단 거리로 도달한 뒤다시 루트를 되짚어 내려오는 방법이 낫겠군. 어떻게 생각하시오?"

권산이 안상욱을 보며 물었다.

"좋은 방법이긴 한데 다른 3개 길드가 대청봉까지 못 오고 조기에 퇴각하면 우리도 퇴로가 막힐 것 같소만."

"그럼 선발대와 후발대로 나눠 시차를 두고 올라갑시다. 중간에 공략이 필요한 둥지는 힘을 합쳐 처리하고, 이동은 한쪽이 먼저 하고 다른 쪽이 도달하기 전에는 거점을 잡고 기다리는 것으로요."

"흠, 시간이 많이 걸리긴 할 텐데 그래도 경유 루트가 거의 사라지니 그렇게 합시다."

현무 감마에는 원소계 공격 이능력자가 두 명 있었다. 둘 모두 화염 속성이었는데 범위 공격으로 공중의 비행개미에게 이능력을 쓰자 날개가 타들어가며 모두 바닥으로 추락했다.

근접계가 모두 달려들어 정리하고 둥지에도 진입해 곧 정리되었다.

나중에 수를 세어보니 20마리가 넘었다.

'확실히 힘들어지는데.'

길도 제대로 없는 산등성이를 등반하며 무거운 무기까지 짊어지고 가는 것은 제아무리 이능력자들이라 할지라도 몹시 곤욕이었다.

모두가 떠난 산비탈에서 잠시 후 허공이 일그러지며 오은영이 나타났다. 그녀라고 24시간 은신을 유지할 수 있는 것은 아니었다. 나무줄기에 몸을 기대고 사준혁에게 통신을 연결했다.

"저예요."

—그래, 놈들은 어디까지 도달했지?

"지금까지 7개의 둥지를 파괴했어요. 군에서 준 작전 루트를 무시하고 바로 대청봉으로 향하고 있어요."

사준혁의 음성이 비릿하게 울렸다.

—실력이 안 되니 꼼수를 쓰는군. 여왕이 있을 만한 곳을 먼저 발견해서 레이드를 끝내려는 속셈이다. 이지스 길드도 같은 전략으로 간다. 은영이 너는 미행을 접고 인접한 비행개미를 최대한 유인해서 현무 길드 놈들에게 몰이를 해줘. 우리가 먼저 대청봉에 도달할 수 있도록.

현무 길드는 죽음의 계곡을 관통하여 대청봉에 이르기까지 하늘에서 쏟아지는 개미 산에 이골이 나고 있었다.

개미 산에 흠뻑 젖은 서의지가 완전히 너덜거리는 가죽 갑옷을 벗어서 땅에 던지며 외쳤다.

"정말 여왕개미가 우릴 집중적으로 노리는 것 같은데요. 근처에 둥지도 없는데 이건 마치 몰이를 당하는 느낌입니다."

그 느낌은 권산 역시 마찬가지로 느끼고 있었다. 사실 그 느낌 이전에 뭔가 기묘한 느낌이 끊임없이 그의 뇌리에 경고를 남기고 있었다.

"이데아, 내 직감이 맞을 확률은?"

ー주인의 오감 민감도는 일반인의 다섯 배에 달해요. 인간의 육감은 제 알고리즘으로는 분석할 수 없는 영역이지만 간접 산출 방식으로 보자면 80% 확률로 상황을 맞히고 있어요.

"맞다는 얘기로군."

권산은 수신호로 일행에게 모여 있으라고 전한 뒤 이형보법을 펼쳤다. 이 보법은 스승인 이광문이 아니라 그의 지인인 청매 사태라는 여승에게 전수받은 기술이다. 기를 이용해 1초간 분신을 만들어내고 짧은 거리를 민첩하게 이동하는 이형탈각의 수법이다.

권산은 10미터 후방의 나무를 향해 짓쳐들어 중검을 휘둘렀다. 날카로운 검광과 함께 나무줄기가 절단되자 권산은 방향을 좌측으로 바꿔 재차 검을 휘둘렀다.

눈이 아닌 마음이 휘두르는 검로였다.

"아악! 그, 그만해요!"

갑자기 허공이 일렁이며 오은영이 툭 튀어나왔다.

권산의 검첨이 오은영의 목 앞에서 파르르 떨렸다. 무슨 이유인지는 모르지만 오은영의 은신 중 물리 공격 무효화 능력은 권산에게는 전혀 통하지 않았다.

정말 갑자기 권산이 눈앞에 나타날 때는 간이 떨어질 만큼 놀랐다. 첫 번째 검격에 팔이 잘릴 뻔했고, 두 번째 검격이 정확히 따라오며 목을 베어온 것이다.

은신한 은영이 나타나자 현무 길드원 전원은 깜짝 놀라며 그녀를 둘러쌌다.

뭔가 켕기는 게 없다면 숨어서 미행을 할 일이 없는 것이다.

권산이 검날을 바짝 들이밀며 물었다.

"네가 개미들을 끌어왔나?"

은영은 떨리는 눈으로 입을 꾹 다물었으나 권산이 가차 없이 검날을 밀어 넣자 검신을 타고 핏물이 주르륵 흘러내렸다.

"그만해요! 제가 몰아온 거 맞아요."

"이유는?"

"현무 길드를 지연시키기 위해서예요. 여왕은 이지스가 잡을 거라고요."

권산은 어이가 없었다. 여왕개미를 잡으면 큰돈이 되는 건 사실이지만 그렇다고 동료 헌터들을 함정에 빠뜨려야 할 만한 일이란 말인가.

"고작 그런 이유로 살인미수 행위를 하나? 다른 2개 길드도 같은 함정에 빠뜨렸나?"

"그, 그건 아니에요. 사준혁 팀장은 현무 길드만 싫어해요."

"아니, 언제 원한을 졌다고 우리를……."

"칼날코브라 레이드 때 우리가 구해줬는데 뒤통수를 친 건 그쪽이잖아요."

애초에 이지스 길드와 은원을 맺을 만한 인연이 없다고 생각한 권산이지만, 차근차근 생각해 보니 칼날코브라 레이드 당시 이지스 길드의 구원을 받은 일이 있었다.

그때 대가로 사냥한 모든 새끼코브라의 사체를 넘겼고 오직 벌처에 실린 수확물만 건졌다.

그 수확물이라는 게 가장 가치가 큰 이두칼날코브라의 라독이긴 했지만 아무래도 사준혁은 그 일을 알아챈 모양이다.

그렇다 해도 계약서까지 쓰고 끝난 일을 담아두고 보복을 하다니 속에서 열불이 솟구쳤다.

'넘버원 헌터란 놈이 인성이 썩었군.'

순순히 당해줄 마음은 없었다.

권산은 서의지와 백민주에게 눈짓을 보냈다. 둘은 로프를 가져와 은영을 포박했다. 권산은 침울하게 눈을 내리간 은영의 턱을 잡고 눈을 마주쳤다.

"내가 지시한 대로 사준혁에게 전해."

사준혁은 최단 거리 루트로 대청봉을 향해 등반하다가 은영의 메시지를 받았다. 대청봉을 300미터가량 앞둔 타이밍이었다.

[여왕개미 굴을 발견했어요. 현무 길드의 공격 루트인 죽음의 계곡 서쪽 능선에 있는 둥지인데 현무 길드는 대청봉으로 향하면서 공략을 포기한 곳이고, 제가 몰이를 하다가 발견했어요. 좌표는 38°08'04.5"N 128°25'37.1"E.]

사준혁은 길드원들을 잠시 정지시키고 은영에게 통화를 걸었다. 좀 더 자세한 내용을 듣기 위해서였다. 통화는 연결되지 않았고, 다시 수신된 메시지가 그의 렌즈에 떠올랐다.

[현무 길드가 가까워서 음성 통화는 못 해요. 여왕개미 굴이 이쪽이니 빨리 와주세요.]

사준혁은 짧게 메시지를 보내고 은영이 보낸 좌표까지 가는 최단 루트를 탐색했다. 본래 이지스 길드가 설악산의 서쪽 방향에서 공략해 들어가 있으니 죽음의 계곡 서쪽 능선이라면 나름대로 가까운 곳이다. 다만 지금의 위치보다 저지대라서 별수 없이 다시 하산해야 했다.

[우리가 여왕개미 굴을 발견했으니 현무 놈들은 더 신경 쓸 것 없어. 미행을 멈추고 좌표 위치에 대기해.]

사준혁은 길드원들을 돌아보며 외쳤다. 은영을 현무 길드에 붙인 것은 정말 신의 한 수였다. 놈들은 자신의 루트에 여왕 개미 굴이 있었다는 사실도 모른 채 대청봉으로 향했을 것이다. 기분이 꽤 좋았다.

"자, 다시 내려가자!"

현무 길드가 마침내 대청봉에 도달했고, 그곳에서 대청봉 전체를 잠식한 거대한 개미집을 발견했다. 너무도 큰 면적에 개미둥지가 만들어졌고, 그 위로 낙엽이 덮여 있어 위성사진으로는 개미집인지 본래 봉우리인지 분간이 안 될 지경이었다.

일행은 거친 지형을 등반하느라 많이 탈진하였고, 전투에 도움이 안 되는 인원은 안상욱이 데리고 안전한 곳으로 피신했다.

'응? 저건?'

권산은 최고봉인 대청봉을 덮어씌운 거대한 개미집을 보며 이데아에게 물었다.

"이데아, 여왕개미 둥지가 확실한지 재확인해 줘."

―지형 분석 결과 자연적인 지형이 아니에요. 융기한 지대라고 하기에는 인근 지표면이 모두 과거에 찍은 위성사진과 일치하고 있어요. 정확히 대청봉의 높이가 10미터 솟아 있어요. 99%의 확률로 여왕개미 둥지로 추정합니다. 지금까지의 개미둥지 건축 방식을 참고하건대 봉우리 지하로 40미터가량

파고들어 갔을 것이라 추정되고요.

산봉우리만 한 흙더미를 쌓아뒀으니 그 안에 얼마나 많은 비행개미가 바글거릴지 상상도 되지 않았다.

권산은 봉우리의 좌표와 실물 사진, 의견 등을 모아서 동부사단에 전송했고, 적당한 엄폐물이 나타날 때까지 충분히 거리를 벌렸다. 잠시 후 춘천의 동부사단에서 작전 지령이 내려왔다.

[예측보다 여왕개미 둥지의 규모가 크기 때문에 4개 길드원이 모두 모일 때까지 대기한 뒤 공략 개시 바람.]

이 지령은 현무 길드 외에 3개 길드 모두에게 발신되었다.

다른 길드들은 여왕개미 굴을 현무 길드가 가장 먼저 발견했다는 것을 깨달았고, 최단 루트로 대청봉으로 모여들었다.

"이런 빌어먹을!"

사준혁은 은영이 보낸 좌표의 개미둥지를 공략했지만 여왕의 코빼기도 보지 못했다.

그저 작은 규모의 평범한 개미둥지였고, 둥지 폭탄으로 폭파시킨 후 오은영을 찾았지만 그녀는 더 이상 연락이 되지 않았다. 그러던 차에 작전 지령이 날아왔고, 현무 길드가 여왕개미굴을 발견했다는 것을 알게 되었다.

"현무 놈들이 뭔가 수를 썼군. 오은영은 대체 어디 있는 거야?"

지친 길드원들을 바라보며 다시 등반을 해서 대청봉으로 가야 한다고 말해야 하니 절로 한숨이 나왔다.

"절대 가만두지 않겠어, 현무 새끼들."

일몰이 한 시간 남은 시점.

태양 길드와 배틀 길드가 권산이 엄폐하고 있는 공터에 모여들었다. 두 길드는 시작과는 달리 약간의 인명 손실이 있던 듯 수가 줄어 있었다.

부상이 큰 헌터는 백민주가 나서서 치료 이능을 사용해 주었다. 그녀도 계속되는 레이드에 체력이 바닥을 치고 있었으나 사람은 살려야 했기에 어쩔 수 없는 부분이었다.

마지막으로 땀에 전 이지스 길드까지 합류하자 공터가 사람으로 꽉 들어찼다.

사준혁이 이지스 길드 무리에서 나타나자 권산은 오은영을 묶은 로프를 풀어주었다.

사준혁은 오은영이 풀려나 자신에게 오자 모든 상황이 한눈에 이해가 되었다. 거짓 좌표를 보내 이 험산을 오르락내리락하게 만든 장본인이 바로 권산이라는 것을.

"너, 죽고 싶냐? 감히 이지스 길드원을 협박해?"

화기가 머리끝까지 솟구친 사준혁은 평소 자신의 이미지도 잊은 채 권산을 쏘아보았다.

권산은 쓰게 웃으며 어깨를 으쓱했다.

"당한 만큼은 갚아줘야 하는 버릇이 있어서."

"그래, 꼭 입만 산 놈들이 있게 마련이지."

공터에 모인 인원들은 이유는 알지 못했으나 싸늘히 번져 가는 살기에 사방으로 흩어져 둘을 관찰했다.

"오빠, 왜 그래?"

미나가 말려보려 했지만 권산은 팔을 뻗어 그녀를 제지했다. 여왕개미를 공략해야 하는 이 시점에 등 뒤에 적을 남겨 둘 수는 없는 일이었다.

그게 중부의 넘버원 헌터인 사준혁이라면 더할 나위 없이 위험한 일이었다.

"남자답게 주먹으로 하자."

권산이 검집을 풀어 땅에 던지며 말했다. 검술을 쓰다 보면 검기가 발현될 테고, 그 섬광을 비행개미들이 발견하게 될 공산이 크기 때문이다.

사준혁은 비릿하게 웃었다. 자신의 이능력은 무기를 가리지 않았다. 놈은 범의 아가리에 머리를 집어넣은 셈이다.

헌터가 일반인을 폭행하면 중범죄가 되지만 헌터들 간에 쌍방이 합의한 결투는 그 결과가 어떻든지 치외법권으로 취급하는 것이 통례였다.

"여기 계신 헌터분들이 공증해 주십시오. 합법적인 결투입니다."

말을 마친 사준혁은 양손의 건틀릿에서 송곳을 제거하고 권산에게 달려들었다.

사준혁은 십 대 후반까지 제법 유망한 권투 선수였다. 그러다 '에너지 컨트롤' 이능을 각성했고, 물체에 에너지를 주입하면 폭탄이 되지만 주먹에 에너지를 주입하면 수 톤의 파괴력을 가진 핵 주먹을 만들 수 있다는 것을 깨닫고는 그 막강한 근접 공격력으로 넘버원 헌터의 자리까지 올랐다.

그러한 내막도 모르고 현무 길드의 가면 쓴 검사 놈이 주먹 대결을 제안한 것이다.

선수는 사준혁의 왼손 잽이었다. 채찍처럼 휘어 들어오는 잽은 전광석화와 같아서 권산은 거리를 벌리며 타격점을 흩뜨렸다.

공기가 터져 나가고 그 진동이 피부까지 전해오는 게 잽이라도 맞는 날에는 뼈가 부러져 나갈 듯했다.

양팔의 피부를 강철처럼 만들어주는 경기공을 두르고 용살권의 방어 초식인 철룡벽을 시전했다.

양팔의 하박과 어깨를 이용해 마치 철벽과 같은 방어막을 만들고 오히려 공격하는 상대의 권각을 으깨는 초식이다.

둘의 팔이 부딪칠 때마다 권산은 밀려오는 강렬한 파괴력에 이를 악물었다.

스승과 대련할 때 느끼는 진력의 충돌이 아니라 순수한 물리력이 주는 압력인데도 그 압축된 파괴력이 굉장했다.

'철룡벽이 완벽히 못 막는군. 강 대 강으로 맞붙으면 손해다.'

사준혁은 그야말로 혼비백산할 만큼 놀라고 있었다. 수 톤의 바위도 박살 내는 자신의 스트레이트를 상대는 흘리지도 않고 맞부딪치고 있었다. 그럼에도 전혀 밀리지 않았고, 오히려 주먹 뼈가 부서지려고 하는지 엄청난 고통이 밀려왔다.

'송곳 건틀릿을 쓸걸.'

상대가 검을 놓자 자신도 주력 무기인 송곳 건틀릿을 포기한 게 뼈아팠다.

같은 에너지라도 주먹처럼 넓은 면적보다는 송곳처럼 일점 타격이 가능한 물체에 주입하는 게 효과적이다.

사준혁이 주먹의 통증에 공격 속도가 느려지며 스텝이 꼬이자 권산은 발차기로 턱을 갈기고 반 바퀴 몸을 돌리며 관자놀이를 팔꿈치로 강타했다.

"컥!"

비명을 지른 사준혁이 정신을 차리기 전에 권산은 몸의 중심선에 위치한 급소를 빠른 속도로 가격해 들어갔다.

스승의 친우에게 약간의 가르침을 얻은 번자권을 사용한 동작이다. 주먹을 조법으로 말아 쥐고 미간, 인중을 격타하고 양손으로 견정혈을 찍어 내리자 고통이 극에 달한 사준혁이 처절한 비명을 지르며 무릎을 꿇었다.

곧바로 무릎을 차올려 턱을 가격하자 몸이 들떴고, 적당한 높이로 올라온 흉부를 가격하려 일 장을 내뻗자 사준혁이 사력을 다해 가드를 올리며 방어해 들어갔다.

퉁!

사준혁의 양팔 가드에서 상당히 강력한 반탄력이 느껴지자 권산은 한 팔을 땅에 짚고 원앙각의 수법으로 양 옆구리를 동시에 타격했다.

"헉!"

양쪽 폐에 전달된 진동에 호흡에 경련이 오자 자연스레 사준혁의 가드가 약해졌고, 권산은 앞차기로 가드를 날려 버린후 동시에 품으로 파고들며 명치를 향해 통천권을 폭사했다.

사정은 두지 않았다.

사준혁은 언제든지 일격에 상대를 절명시킬 만한 절독을 품은 뱀이었다.

쿵!

내디딘 진각에 땅이 파이고, 그 진동이 무릎과 허리, 어깨를 거치며 회전력이 입혀졌다.

인간이 가진 골격과 근육, 자세와 타이밍이 모두 최적의 형태로 갖추어졌다. 이보다 더 완벽할 수 없는 기계적인 자세는 강력한 발경이 되어 사준혁의 몸체에 일권으로 작렬했다. 내공 발현을 하지 않기에 황금빛 권기가 터져 나오지는 않았지만 무형의 기운은 사준혁의 몸에 침투하려다가 그가 몸에 두른 에너지장에 막혀 폭발했다.

쿠아앙!

사준혁은 그 일권에 10미터도 넘게 날려가며 이지스 길드원을 우르르 깔아뭉갰다.

권산이 다시 끝을 보기 위해 달려들자 오은영이 앞을 가로막았다.

"그만해요! 이 정도면 됐잖아요!"

은영의 어깨 너머로 입에서 피를 흘린 채 기절해 있는 사준혁이 보였다. 공터의 60명은 넘버원 헌터의 처참한 패배에 기가 질려 버렸다. 나름 평수를 이루는 것 같다가 순식간에 한 방을 제대로 맞고 뻗어버린 것이다.

권산은 은영의 얼굴을 한동안 바라보다가 획하니 몸을 돌렸다.

"다시 보복하려 했다가는 초상을 치를 것이라 전해주시오."

권산은 들끓는 내기를 진정시키며 동부사단에 다시 통신을 연결했다. 지령대로 모든 헌터들이 모였으며, 여왕개미굴에서 안전하게 이격 거리를 두고 있다는 메시지를 전했다.

그러자 곧이어 춘천의 동부사단에서 지대지 미사일 세 발이 날아올랐고, 여왕개미굴 봉우리에 직격했다. 흙더미에 숨어 있던 둥지는 미사일이 만들어낸 거대한 화염에 휩싸여 붕괴했고, 수백 마리의 비행개미가 잿더미로 변했다. 둥지 깊은 곳의 산란실에 있던 길이 10미터의 비행개미 여왕은 미사일의 불꽃을 몸에 휘감고 공중으로 날아올랐다. 깊은 심처에 있었는지 날개와 몸체가 온전하여 비행이 가능했다. 여왕개미는 살아남은 비행개미 편대 수십 마리와 함께 하늘로 날아올라 엄청난 양의 분홍색 페로몬을 대기 중에 분사했다. 바로 특수 능력인 환각 페로몬이었다.

헌터들은 준비한 마스크를 착용했지만 손이 느린 헌터 몇이 마스크를 채 착용하지 못하고 페로몬에 현혹되어 주변의 동료들을 무차별적으로 공격했다. 동료들이 비행개미로 보이는 것이다.

동료들이 달려들어 제압했고, 그 소란에 비행개미들이 일행의 위치를 파악하고 공중에서 달려들었다. 수많은 원거리 계열 이능력이 하늘로 솟구쳤고, 개미들이 우수수 떨어져 내렸다.

권산은 마스크를 단단히 착용한 채 세라믹 방패를 들고 하늘에서 쏟아지는 개미 산을 방어하면서 여왕개미의 위치를 추적했다.

"이데아, 여왕개미를 놓치지 마."

—10시 방향, 거리 90미터, 각도 50도입니다.

하늘은 개미들의 사체와 개미 산, 체액으로 인해 비가 내리는 듯했다. 권산은 여왕개미가 50미터 거리에 들어오자 티타늄 장창을 연거푸 투창했다. 내공을 실어 정확하게 적중했는데도 그다지 피해를 주지 못했다.

거리가 30미터에 접어들자 안상욱이 사력을 다해 그의 이능력인 정신 지배를 시도했으나 강력한 정신체를 가진 여왕개미에게는 통하지 않았다. 여왕개미는 절대 저공으로 내려오지 않았고, 특유의 환각 페로몬을 분출하여 전투 중에 마스크가 벗겨졌거나 틈새가 있는 헌터들을 환각에 빠지도록 했다.

가장 많은 헌터를 보유한 이지스 길드가 경륜을 발휘해 그때마다 정신착란을 일으킨 헌터들을 제압하고 있었지만 이대로는 사상자가 속출할 듯했다.

권산은 페로몬에 현혹되어 눈을 뒤집고 달려드는 태양 길드원 한 명의 팔을 꺾어 제압하고 뒷목을 쳤다. 그리고 축 늘어진 그를 한쪽으로 던져두고 외쳤다.

"미나, 육각실드를 수평으로 허공에 만들 수 있지?"

"네, 할 수는 있어요."

"그럼 지금 내가 신호하면 발밑에 만들어."

권산은 대검을 쥔 채 이형보법을 발휘했다. 그의 신형이 잔상을 남긴 채 허공으로 솟구치자 남아 있는 잔상으로 개미 산이 쏟아져 내렸다. 권산이 허공 8미터에 이르러 정점을 찍고 신호를 하자 미나가 그의 발밑에 육각실드를 만들어내었다. 물리 방어력이 있는 실드이니 당연히 발판도 될 수 있다는 게 권산의 생각이었고, 과연 실드는 훌륭한 지지대가 되었다. 실드를 밟고 한 번 더 뛰어오르자 여왕개미의 날개가 눈앞에 들어왔다.

"흐아압!"

전력으로 대검을 휘둘러 날개를 베어내자 날개가 반 정도 갈라지며 각피가 허공에 비산했다. 그리고 균형을 잡으려 안간힘을 쓰는 여왕개미에게 권산은 몸의 반동을 주며 다시 한 번 일검을 뿌렸고, 그러자 한쪽 날개가 완전히 잘려 나갔다. 더 이상 버티지 못한 여왕개미는 15미터 아래 지면으로 곤두박질쳤다.

'이대로 떨어지면 나도 위험하다.'

권산은 대검을 역수로 잡고 여왕개미의 검은색 몸통에 사정없이 검을 박아 넣었다.

쿠쿵!

겨우 추락의 충격을 완화한 권산은 대검을 뽑고 거리를 벌리며 외쳤다.

"봉진기! 지금이야!"

봉진기는 여왕개미가 낙하한 충격에 멈춰 있자 결계 생성으로 여왕개미를 가두었다. 여왕개미는 광분하여 몸을 뒤틀었으나 봉진기의 결계는 깨지지 않았다.

수없는 원거리 공격이 작렬했지만 여왕개미의 두꺼운 갑각과 하늘에 몇 마리 남지 않은 비행개미들의 방해 때문에 쉽게 끝이 나질 않았다.

"크윽! 대장, 20초 안에 깨지겠어요!"

봉진기가 결계에 가해지는 압력에 정신력이 소모되는 것을 느끼고 비명을 질러대었다. 그사이 하늘의 비행개미는 각 길드의 활약으로 정리되었지만 여왕개미에게는 끝내 치명타를 입히지 못했다. 제임스가 결계 밖으로 나와 있는 다리들을 힘으로 뜯어내고 몸통을 찢어대고는 있었으나 워낙에 거체인 괴수인지라 쉽사리 죽지는 않았다.

권산은 렌즈 화면의 내공 게이지를 체크했다. 1갑자의 내공을 1~60까지의 수치로 만들어 얼마나 남았는지 이데아의 기능으로 입력해 놓은 화면이다.

'30이면 반 갑자가 남았군. 그렇다면 3배 증폭된 용살검기로 간다.'

권산은 이데아와 서로 약속한 여러 가지 인터페이스 중 괴수의 약점을 3D로 띄우라는 명령을 간단한 손동작으로 실행했다. 여왕개미 복부의 알집이 붉은색의 이미지로 여왕의 배에 오버랩되어 나타났다.

'저기로군.'

권산은 한 손으로 내공증폭벨트의 레버를 돌렸다. 레버는 총 6단으로 되어 있었는데 버클 내부의 내단석에 6개의 텅스텐 탐침이 접촉되어 있다가 레버에 따라 탐침의 접촉이 순차적으로 이격되면서 권산의 내공과 반응하는 원리였다. 레버는 3단으로 조정되었다.

'용살검기 후반 2식 광룡사일.'

권산은 중검을 뽑아 여왕개미에게 강력한 위력의 찌르기를 펼쳤다. 검 주변으로 하나둘 검기가 늘어나더니 수백 개의 검광이 다연장 로켓처럼 순차적으로 한 점을 향해 귀일했다.

송곳처럼 공기를 관통한 10미터 길이의 날카로운 검기에 여왕개미는 복부 알집을 뚫리고 즉사하며 굵은 다리를 파르르 떨며 늘어졌다.

쿠앙! 후두두둑!

3배 증폭된 내공임을 감안할 때 1갑자 반의 내공이 들어간 절초였다. 권산은 힘을 소진하고 서의지의 부축을 받았다. 제임스가 대신 여왕개미의 라독을 챙기고 권산에게 엄지를 척 하고 들어 보였다.

"대단하군."

권산은 굳어오는 혈맥을 느끼며 천천히 눈을 감았다. 역시 미완성된 무공을 내공 증폭까지 하며 펼치기에는 무리였던 것이다. 그래도 뇌신을 통해 내공을 증폭한 것보다는 한결 증상이 가벼웠다.

그렇게 힘겨웠던 레이드가 종료되었다.

오은영은 가까스로 정신을 차린 사준혁을 부축하며 여왕개미가 어떻게 사냥당하는지 근접 거리에서 똑똑히 지켜보았다.

'사준혁이 전력을 다하면 저만한 공격을 할 수 있을까?'

그녀는 천천히 고개를 내젓고 말았다. 사준혁 역시 헌터들 사이에서는 최강의 공격력을 자랑했으나 10미터짜리 괴수를 일격에 즉사시킬 정도는 아니었다.

'혹시 남부에서 한창 뜨고 있는 불사조 길드의 불주먹이라면 어쩌면……'

그녀는 동료들의 부축을 받으며 떠나는 권산의 뒷모습을 오래도록 눈동자에 담았다.

9장
김요한의 귀환

현무 알파는 레이드를 마치고 아지트가 아닌 각자의 집으로 흩어졌다. 체력을 몹시 소모한 탓에 당분간 레이드 때문에는 모이지 않기로 했다. 권산이 인천의 아지트에 도착하자 문이 벌컥 열리며 한별이 뛰어나왔다.

"아저씨! 아빠가 돌아왔어요!"

"뭐?"

한별의 뒤로 수척한 인상의 반백의 중년인이 문을 밀며 나타났다. 권산은 그가 실종되었다는 바로 그 김요한 교수임을 알아챘다.

"반갑습니다, 권산입니다."

"김요한이요. 내 딸에게 얘기는 들었소. 들어가서 이야기합시다."

권산은 흙먼지가 내려앉은 옷을 갈아입고 샤워를 한 뒤 1층 거실로 나왔다. 본래 이 집의 주인이자 의문의 실종을 당한 김요한에게 어떤 일이 있었을까? 그의 실종에는 어떤 사정이 있었고, 어찌 되었든 권산에게 집의 권리가 넘어온 마당에 어떻게 거취를 정할지 들어봐야 했다.

김요한과 마주 앉자 한별이 차를 내어왔다.

"먼저 권 헌터께서 시기적절하게 이 집을 매입해 줘서 그 돈으로 내가 살아 돌아왔소. 한별이가 말하진 않았겠지만 사실 난 실종된 게 아니라 납치된 것이었소. 바로 황해 해적이라 불리는 놈들에게 말이오."

황해 해적이라면 모르는 이가 없는 국제적인 범죄 조직이다. 그러나 군의 치안망이 살아 있는 장벽 내부에서 일반인을 납치하고 몸값을 요구하는 것은 그들도 쉽게 저지르지 않는 범죄 유형이었다.

"아니, 어쩌다가 납치되신 겁니까? 불가능하진 않겠지만 그래도 통일한국 내에서는 활동하지 않은 것으로 알고 있는데요."

김요한이 폐부에서 끓어 나오는 깊은 한숨을 내쉬었다.

"그걸 설명하자면 이야기가 길어지지만, 요약하자면 다 내가 우둔하여 당한 것이오. 나는 내 연구를 위해 대평원으로 탐사를 나가려 했고, 헌터가 아닌 내가 국가의 승인을 받고 대평원으로 나가는 것은 행정적으로 몹시 힘이 들었던지라 그 일을 음성적으로 해결하기 위해 브로커를 찾았소. 결국 브로커가 정해준 루트로 그가 붙여준 중국계 헌터 두 명과 함께 장벽을 넘어가게 되었소. 한데 배신을 당했고, 중국 헌터 둘에게 포박당해 대평원 어딘가로 끌려가 지금껏 갇혀 있었소. 한별이가 10억 원의 몸값을 구해오자 놈들은 나를 야심한 밤에 장벽 바깥까지 데려와 풀어줬고, 나는 별도리 없이 방위군에 신고를 하고 지금까지 취조를 받다가 풀려나 집에 올 수 있었소."

권산은 쓴웃음을 지었다. 군의 입장에서도 일반인이 장벽의 경계를 넘어 대평원에 나갔다가 돌아온 꼴이니 누군가는 책임을 져야 하는 상황이다. 김요한을 추궁했겠지만 황해 해적들은 군으로서도 어쩔 도리가 없는 집단이다 보니 보나마나 김요한을 도시로 들여보내고 스리슬쩍 이 사건을 덮었을 것이다.

"천문학자이신 것으로 알고 있는데 대체 어떤 연구기에 대평원으로 나가신 겁니까?"

괴수가 바글거리는 대평원에 학자가 나가서 할 연구라는

게 대체 무엇이기에 그런 위험을 감수한 것일까. 김요한은 권산이 자신의 연구에 관심을 보이자 호의를 드러내며 3층으로 자리를 옮겼다. 그의 개인 연구실이 있는 곳이다.

"권 헌터께서는 우리가 사는 태양계에 대해 어느 정도 알고 계십니까?"

"말을 편하게 하셔도 됩니다. 제가 한참 연배가 아래니까요. 태양계 지식은 그저 보통 사람들이 알고 있는 상식 정도 수준입니다."

김요한이 짧은 수염을 쓰다듬으며 고개를 끄덕였다. 짧은 시간 대화를 나눴지만 한별을 돌봐준 것부터 예의를 갖추는 모습이 마음에 들었다.

"그럼 말을 놓도록 하지. 내 연구는 사실 그렇게 특별한 것은 아니야. 우리 지구를 제외한 태양계의 8개 행성에 인간이 이주할 수 있을까 하는 연구지. 이 방사능이 창궐하는 지구를 떠나서 말이야."

"그게 가능합니까? 가장 가까운 화성만 해도 대기 성분이 달라 호흡도 불가능하고 생태계 자체가 없어서 인간 단독으로 이주해 봐야 결국은 죽을 수밖에 없을 텐데요."

"물론 대중적으로 알려진 바로는 자네 말이 맞아. 하지만 1백 년 전 핵전쟁 직전에 지금은 멸망한, 미국 NASA의 '엑소더스 프로젝트(Exodus Project)'를 들어보면 뭔가 우리가 태양계의 다른 행성에 대해 알고 있는 상식과는 괴리감이 느껴질 수밖에 없지."

권산은 고개를 갸웃했다.

"엑소더스 프로젝트요?"

"극히 소수의 권위 있는 과학자들만이 공유해 온 사실이야. 핵전쟁 직전에 미국은 자국민 1만 명을 엑소더스선이라 불리는 거대 우주선 수십 대에 태워 화성으로 이주시키려 했고, 실제로 대부분의 우주선이 지구 궤도를 벗어나 화성으로 향한 것 같아. 화성에 로봇 탐사 정도를 진행하던 미국이 1만 명의 자국민을 떼죽음시킬 생각이 아니었다면 어떻게 그 프로젝트를 시행했겠어. 그리고 핵전쟁의 주범인 러시아는 한술 더 떠서 엑소더스 프로젝트와 아주 흡사한 식으로 5천 명의 엘리트를 뽑아 탈출선에 태워 금성으로 날려 보냈지. 이게 그 증거 자료야."

김요한이 모니터에 띄운 영상 자료에는 미국 국기가 표면에 그려진 수십 대의 거대 우주 왕복선이 순차적으로 하늘로 솟구치는 영상이 재생되고 있었다. 러시아 쪽은 사진 자료였는데 수백 대의 소유즈 로켓과 우주에서 소유즈와 도킹하여 실질적으로 우주 비행을 수행하게 되는 십여 대의 기계선이 궤도 정거장에 정박해 있는 모습이었다.

100년 전 우주 기술로는 최고라 불리는 두 국가가 그 엄청난 자원을 쏟아부어 만든 우주선이니 집단 자살을 하려고 일을 벌인 것은 절대 아닐 터였다.

"정말 실재했던 일입니까?"

"물론이네. 다른 증거도 많아. 그래서 나는 한 가지 가정을 했네. 최소한 금성과 화성은 인류가 생존이 가능한 환경이다. 즉, 대기 성분이나 중력 등 모든 것이 지구와 유사하고, 어쩌면 다른 지적 생명체가 이미 살고 있을지도 모른다. 그리고 미국과 러시아는 그 사실을 알고 있고, 개털 같은 과학 논리를 만들어 진실을 숨기다가 핵전쟁이 발발하자 보란 듯이 우주선을 타고 그곳으로 도망쳤다. 이것이 내가 내린 가정일세."

"한마디로 태양계에 대해 우리가 알고 있는 상식은 상당수가 당시 우주 선진국에서 날조한 거짓이며, 어쩌면 9개 행성 모두가 생명체가 살 수 있는 환경일 수 있다는 말씀이시군요. 그런데 대평원으로 나가서 하려고 하신 연구는 어떤 부분인가요?"

김요한은 주변 지식을 설명하다가 이야기가 샌 부분을 깨닫고는 키보드를 건드려 프로그램 하나를 열었다.

"이건 옥상에 있는 전파망원경에서 잡아낸 우주 신호야. 상당히 많이 펄스가 손실되어서 내용을 해석할 수는 없지만 아무래도 과거 미국 표준 코드가 있는 걸 봐서는 좀 전에 설명한 화성으로 향한 엑소더스선에서 보내오는 것 같아. 불규칙적으로 수년 동안 관측했는데 매번 다른 패턴이었어. 즉, 자동으로 입력된 신호가 아니라 인위적인 것이고, 발신인은 미국인의 후손들이 아닌가 싶어. 그런데 최근에 아주 이상한 현상 하나를 관측했지. 한번 보게."

김요한은 모니터에 신호를 펄스 파형으로 변환해서 시각적으로 보여주는 화면을 열었다. 뭔가 기이한 영상 파형이 나타났고, 정확히 261초 뒤에 같은 펄스 파형이 또 나타났다.

"이건⋯⋯."

"우주에서 들어오는 신호가 전파망원경에 잡히기 261초 전에 뭔가 다른 장소에서 똑같은 패턴의 신호가 발생하더라고. 주목할 점은 지구와 화성의 거리가 7,700만km라서 전파 신호가 도달하려면 261초가 걸린다는 점이야. 그래서 위치 추적을 해보니 대평원 남쪽 오키나와 섬 방향에서 신호가 올라오고 있더라고. 그래서 이 현상을 분석하기 위해 신호의 발원지에 가보려고 한 거야."

권산은 김요한이 오히려 황해 해적에게 붙잡힌 것이 천만다행이라고 생각했다. 오키나와 섬 인근이 어디인가. 바로 A급 괴수가 바글거려서 아예 접근 금지 구역으로 선포된 지역이 아닌가. 신호 발원지에 운 좋게 도달하더라도 절대 살아 돌아올 수 없었을 것이다.

"굉장히 이상한 현상이군요. 왜 화성의 신호가 오키나와에서 나타나는지."

"과학이 설명하지 못하는 불가사의를 만날지도 모르겠어. 갈 수만 있다면 말이야. 꿈같은 이야기지만 지구와 화성을 잇는 초광속 통로 같은 게 있을지 누가 알겠나."

김요한과 한별은 당분간 2층을 사용하기로 했다. 김요한이 당장 이사 갈 만한 자금이 없는 것이 이유였는데, 권산에게 당분간 월세를 지불하는 것으로 거취 문제를 해결했다.

권산도 이 큰 집을 다 사용하기 어려웠고, 집을 비우는 일이 잦은 관계로 누군가의 관리도 필요했다.

권산은 조명이 꺼진 지하의 수련실에서 홀로 좌정했다. 비행개미 레이드 중에 제법 깊은 내상을 입었다. 사준혁과의 대결과 여왕개미 사냥 시에 중폭시킨 내공의 영향으로 혈맥이 걱정스러울 정도로 굳어버렸다. 최소 한 달은 요양해야 할 부상이었다.

내공을 천천히 운기시키자 온몸에서 진득한 땀방울이 배어나왔다. 혈맥이 경련하고 고통이 밀려오자 천천히 운기의 속도를 조절하며 소주천시켰다. 그러자 좌정한 몸이 미세하게 바닥에서 떠올랐다. 시간도 잊은 채 반복되는 토납에 권산은 점점 깊은 내면을 관조하게 되었다.

*　　　　*　　　　*

인간형의 몸체에 두 팔이 거대한 날개로 이루어졌고, 독수리의 머리를 가진 괴수가 피어오르는 연기처럼 나타났다. 몸 최대 길이 40미터. 지금은 알게 된 A급 괴수 '가루다'의 모습이다.

17년 전 권산의 가족을 포함해 2만 명의 사상자가 나온 '용산구 비행형 괴수 난입 사건'의 주인공이다. 부모와 갓난아기이던 여동생이 죽었고, 권산은 건물의 잔해 틈에 깔려 구사일생으로 목숨을 구했다.

가루다의 압도적인 파괴력에 빌딩은 수수깡 더미처럼 부서졌고, 뒤늦게 달려온 군의 화력 병기는 가루다에게 전혀 통하지 않았다. 이능력자들도 수십 명이 나섰지만 A급 괴수 앞에서 인간은 정말로 무력하기 그지없었다.

수백 명의 인간을 먹어치운 가루다가 하늘로 날갯짓하며 사라지자 마침내 드러난 참상은 이루 말할 수 없는 지옥도였다. 핏물로 사라져 버린 가족 앞에서 어린 권산은 심장이 찢길 듯 오열했지만 이미 벌어진 일은 돌이킬 수가 없었다.

지금은 그때보다는 더 방위 체계가 잡혀 있긴 하지만 가루다가 재침공한다면 또다시 수만 명의 사상자가 나올 것은 명약관화했다.

권산의 그 경험은 이후 인생에 있어 그의 가치관과 삶의 목표를 결정짓게 하였다.

'괴수로부터 자유로운 세상을 만든다. 만약 그럴 수 없다면 A급 괴수라도 죽일 수 있는 강력한 무력을 갖는다.'

현 시대의 인간은 괴수와 일종의 공생 관계였다. 인간은 생존하기 위해 괴수의 라독이 필요하고, 괴수의 사체는 자원 채굴과 유통이 용이하지 않는 각국의 산업 경제에 있어 필수 원료였다. 이러한 이유 때문에 근본적으로 현존하는 국가들은 괴수의 원천적인 박멸에 있어 소극적이었고 그럴 의지도 없었다. 권산이 군 생활을 하며 뼈저리게 느낀 바다. 그가 군에 잔류하지 않고 전역을 한 것도 군 조직 내부에서는 그러한 비전을 얻을 수 없다고 여겼기 때문이다.

'헌터의 세계에서는 가능하다.'

끝도 보이지 않는 싸움이지만 A급 괴수를 한 마리씩 처리하다 보면 언젠가는 끝이 날 것이다. 그게 살아생전이 될지 그가 죽은 뒤가 될지는 모르지만.

'막대한 자금과 뛰어난 동료들을 모아야 해.'

최근에 기이한 인연으로 인해 두 가지 가능성이 추가로 생겨났다.

첫 번째는 인조 라독을 합성하여 인공 방사능 해독제를 개발할 수 있는 가능성이다. 괴수와 인간의 공생 관계를 끊어낼 수 있는 필수적인 연구였다. 이를 위해서는 지명훈 연구원을 후원하고 연구를 지원해야 했다.

권산이 따로 알아본 바에 의하면 그는 카이스트 출신의 천재 과학자로 일찍이 학계에서는 유명한 인물이었지만, 기성 교수진과의 불화로 한직에 머무르는 실정이었다. 그가 역량을 펼칠 수 있도록 해준다면 첫 번째 가능성도 실현할 수 있으리라.

두 번째는 화성으로의 이주 가능성이다. 김요한 교수의 가설이 모두 사실이라면 엑소더스선과 같은 우주 운반체를 이용하거나 미지의 초광속 통로를 찾아내어 괴수의 위협에서 살고 싶지 않은 사람들을 화성으로 이주시킬 수 있다.

현 시대에 통일한국의 우주 기술은 급격하게 퇴보하여 우주 운반체를 만들어낼 수는 없기 때문에 유일한 대안은 초광속 통로였다.

먼저 오키나와 인근의 '접근 금지 구역'을 정찰해야 하는데 역시 당장 쉬운 일은 아니었다. 만약 찾아낸다 해도 화성에서 온 신호처럼 전자파만 통과하는지, 인간의 육체와 같은 유기화합물도 통과되는지 현재로서는 모두 미지수였다. 이 역시 김요한 교수의 추가적인 연구가 필요하며 자금이나 인력 지원도 필요할 것으로 보였다.

또한 하나같이 극비로 추진해야 했다. 어느 것 하나 이미 기득권을 장악한 정부나 군부에서 좋아할 만한 내용은 아니기 때문이다.

'당장은 내가 자금 지원을 할 수 있겠지만, 결국 제3의 믿을 만한 곳의 후원을 받아내야 해.'

권산의 뇌리에 재력으로 유명한 몇 개의 기업과 인물들이 떠올랐다. 그중 제일이라면 역시 진성그룹이다. 통일한국에는 경제 전반을 좌지우지하는 3 대 재벌가가 있었지만, 재계 서열 1위는 진성그룹의 몫이었다. 현 시대에 이재룡 총수의 대에 이르러 진성그룹은 절정기를 맞고 있었다.

'미나를 이용한다면?'

그녀는 권산에게 호감을 가지고 있다. 처음의 뻣뻣하던 태도가 눈 녹듯 사라지며 사근사근한 태도가 반복되자 돌부처 같은 권산도 눈치챌 수밖에 없었다. 그러나 사람의 마음을 그런 식으로 이용하고 싶지는 않았다. 짧게는 성공할지 몰라도 결코 길게 가지 못하는 방식이다. 일단 레이드를 통해 얻은 자금으로 첫 번째 계획을 최대한 진행한 뒤 결과물을 들고 진성그룹과 협상하는 쪽이 더 가능성이 있어 보였다.

인공 해독제는 개발만 한다고 해서 끝이 아니었다. 괴수 산업에 깊이 유착되어 있는 정부나 기업들의 압력으로 인해 검증되지 않은 약품으로 매도되어 유통이 막힐 확률이 99%였다.

진성그룹의 로비 능력과 유통망을 이용해야만 통일한국은 물론 현존하는 국가들에 수출할 수 있었다. 그렇게 협상이 성공하고, 대등한 관계로 진성그룹의 후원을 얻어낸다면 두 번째 계획을 실행할 발판이 되어줄 것이다.

접근 금지 구역은 A급 괴수와 황해 해적이 바글거리는 죽음의 지대이니만큼 철저한 준비와 강인한 동료들, 막대한 자금력이 결합되어야만 도전해 볼 만한 목표가 될 것이다.

권산은 운명과 같은 어떤 끌림을 느꼈다. 뭔가 사명이 존재한다면 이런 느낌일 것이라 생각했다.

'왠지 꼭 그곳을 가야만 할 것 같은 기분이 드는군. 이상한 느낌이야. 스승님이 말한 업이라고 하는 것일까?'

권산이 지하 수련실에서 몸을 회복하는 사이 미나의 레이드 세 번째 방송이 방영되었다. 일반인도 익숙한 설악산을 배경으로 펼쳐지는 장시간의 레이드에 흔치 않은 비행체 괴수를 상대하는 모습, 둥지를 폭파하는 장쾌한 광경이 다양한 효과와 함께 한 편의 전쟁 영화를 보는 듯 화려하게 연출되었다.

모닥불 주위에 둘러앉은 미나가 부족한 것 없이 자란 자신이 헌터 일을 하는 속내를 비추고, 권산이 아픈 과거를 고백할 때는 서정적인 음악과 함께 시청자들의 심금을 자극했다.

보스 괴수인 여왕개미를 잡는 장면의 방영 직전에 사준혁과 권산이 말다툼을 벌이며 충돌하는 컷이 있었는데 권산이 방영하지 말아달라고 말하지 않았으니 방송국에서는 옳다구나 하고 내보낸 것이다. 두 명의 강력한 헌터가 육박전으로 얽혔고, 그 파괴력에 공기 중에 파동이 만들어질 만큼 장렬한 결투였다. 그러다 권산이 연거푸 펼친 전광석화 같은 공격에 사준혁은 정신줄을 놓쳐 버렸다. 마무리로 명치를 노린 권산의 주먹 한 방에 사준혁이 나가떨어졌고, 그렇게 결투는 끝이 났다.

이윽고 여왕개미 둥지에 군에서 발사한 미사일이 작렬하고 치열한 집단전 끝에 권산의 검술로 여왕개미를 처리하는 것을 마지막으로 이번 편이 마무리되었다. 특히 여왕개미를 낙하시키는 신에서 권산의 발판이 되어준 미나의 공중 실드를 집중적으로 부각시켰다. 누가 뭐래도 프로그램의 주인공은 미나였기 때문이다.

세 번째 방영분의 순간 최고 시청률은 무려 55%에 달했다. SNS를 통해 소감이 올라오면서 가면 검사에 대한 글이 폭발적으로 달리기 시작했다.

―이번 편은 헌터 60명이 집단으로 싸우니 꼭 전쟁 같네요.

―와, 가면 검사, 진짜 센데요.

―나는 여왕개미 잡은 것보다 사준혁 헌터랑 싸우는 게 더 스릴감 있던데.

―중국 무술 동작 같던데, 이거 액션 영화 뺨치는데요.

―사준혁이라면 중부의 넘버원 헌터로 유명하지 않나요?

―사준혁, 별거 아니네. 다 헛소문이었던 듯.

―가면 검사 진짜 정체가 대체 뭘까요? 소문에는 미나랑 사귄다던데.

가면 검사의 정체를 아는 몇 안 되는 사람인 한별은 베개를 끌어안고 '미나의 레이드'를 보다가 권산이 지하에서 올라오자 화들짝 놀랐다.

이렇게 한 지붕에 살고 있는 사람이 요즘 가장 핫한 유명인이라고 생각하니 기분이 묘했다.

"왜?"

권산은 멀거니 자신을 쳐다보는 한별을 보며 물었다.

"아뇨! 물 가져다 드릴까요?"

"그래줄래?"

한별이 쪼르르 달려가 시원한 물 한 잔을 권산에게 건네었다. 권산이 물을 마시고 컵을 내미는데 마침 현관의 초인종이 울렸다.

"누구세요?"

한별이 문을 열자 더벅머리 연구원 한 명이 머리를 긁으며 서 있다.

"저기… 여기 권산이라는 분이 살지 않나요?"

"맞기는 한데……."

한별이 뒤를 돌아보자 권산이 걸어오며 연구원과 시선을
마주쳤다. 그는 일전에 국립괴수연구소에서 만난 지명훈 연구
원이었다. 권산이 건네준 주소를 가지고 찾아온 모양이다. 권
산이 세운 첫 번째 계획의 핵심이 되는 사람이 바로 그였다.

"반갑소, 들어오시오."

지명훈은 뭔가 잔뜩 움츠린 몸짓으로 거실로 들어왔다. 한
별이 눈치 빠르게 차를 내어왔고, 권산은 그와 소파에 앉아
마주 보았다. 지명훈이 천천히 입을 열었다.

"내 연구의 두 가지 난제를 해결해 줄 수 있는 게 사실입니
까? 게놈 지도를 분석할 수 있는 슈퍼컴퓨터와 고등급 괴수의
라독 시료 말입니다."

권산은 빙긋 웃었다. 엄지손가락으로 등 뒤의 TV를 슬쩍
가리켰다. TV에서는 '미나의 레이드' 3회 차를 계속해서 재방
송하고 있었는데 가면 검사의 활약상이 정말 지겹도록 반복
재생 되고 있었다.

"가면 검사가 접니다. 고등급 괴수의 라독도 충분히 구해올
수 있지요. 장벽의 검문만 차치한다면."

지명훈은 평소 TV를 즐겨보지 않지만 화제의 방송인 미나
의 레이드는 알고 있었다. 그 소문의 가면 검사가 권산이라면
실력은 국내 최정상이라고 봐도 무방했다.

"당신이 가면 검사라니… 설마 뻥은 아니죠?"

권산은 주머니에서 슬쩍 가면을 꺼내 눈에 대었다. 더 긴말은 필요 없었다.

"그, 그렇다면 라독은 넘어간다고 하고 슈퍼컴퓨터는요?"

"자, 따라오시죠."

권산은 지하실로 내려가 화려한 LED 램프가 점멸하고 있는 알파고사의 이데아5 기종을 보여주었다. 대당 6억이나 하는 고가의 장비답게 외양부터 흘러나오는 특유의 멋이 있었다.

"이데아5 모델은 국내 수입된 게 거의 없는데 대단하시군요. 저 기종 정도면 충분히 가능합니다. 제가 이데아에 게놈분석 소프트웨어를 설치하고 국립괴수연구소에 있는 제 연구PC와 원격으로 연결시켜 연구 자료를 실시간으로 업로드하면 이데아가 연산만 처리해 주면 될 거예요."

지명훈은 내친김에 가져온 USB를 이데아에 꽂고 소프트웨어를 설치한 뒤 연구 PC와 원격 접속이 되도록 IP 방화벽을 열었다. 그리고 가져온 백팩에서 노트북을 꺼내더니 권산에게 손을 내밀었다.

"착용하고 계신 WC를 줘보시겠어요?"

권산이 귀 뒤에 부착한 착용식 컴퓨터를 떼어 넘기자 지명훈은 권산의 WC와 노트북 간의 통신 채널을 설정했다. 실시간으로 연구 자료를 권산과 공유하기 위해서였다.

"다시 착용해 보세요."

권산이 컴퓨터를 다시 귀 뒤편에 붙이자 지명훈이 어떤 문서 하나를 WC로 송신했다. 렌즈 화면에는 문서를 디스플레이할지 결정하는 창이 떴고, 권산이 승인하자 순서별로 나열된 괴수 리스트가 눈에 들어왔다.

[시료 필요 괴수 목록]
1. 진공두꺼비의 라독
2. 육수몽키의 라독
3. 분열달팽이의 라독
4. 녹각순록의 라독
5. 블러드로키의 라독
6. 투명악어의 라독

"제가 그동안 분석한 자료를 근거로 게놈 지도 작성에 필요한 괴수 목록이에요. 적은 양이라도 좋으니 저 괴수들의 라독을 제 연구실로 가져다주세요."

권산은 목록을 끝까지 읽고 창을 닫았다. 사실 저 괴수들을 사냥하는 것 자체보다는 어떻게 라독을 관문에서 걸리지 않고 반입시키느냐가 관건이다. 대평원의 모든 관문에는 라독을 감지하는 냄새 분자 포집기가 설치되어 라독 특유의 냄새를 정확하게 잡아낼 수 있었다. 숨긴다고 해도 정말 제대로 차폐를 시키지 않는 한 무조건 걸리게 되어 있었다.

"사냥을 하는 것보다는 관문에서 라독을 매각하지 않고 몰래 반입하는 게 더 어렵기 때문에 당장은 안 되오. 빠른 시간 안에 해결하겠소. 또 필요한 연구 시설이나 자금이 필요하면 말하시오. 적극 후원하도록 하겠소."

"돈이 좀 필요하긴 해요. 그런데 헌터님이 이 프로젝트에 관심을 두는 이유가 뭔지 알 수 있을까요?"

"인공 방사능 해독제가 가져올 변화가 기대되기 때문입니다. 누군가는 그로 인해 손해를 보겠지만, 훨씬 많은 사람이 이득을 보게 될 거라 보고 있소. 물론 이것 역시 하나의 비즈니스라 생각하고 있소. 프로젝트가 성공할 시 나 역시 신약에 대한 권리 지분을 받기를 바라고, 추후 신약의 사업 방향을 정할 때 내 의견이 적극 반영되길 바라고 있소."

지명훈이 속내를 시원하게 밝히는 권산을 보며 마음이 놓이는지 가벼운 한숨을 내쉬었다.

"정말 프로젝트가 성공해서 비즈니스까지 할 수 있다면 좋겠네요. 프로젝트가 성공하면 신약의 권리를 오 대 오로 상호 간에 갖는 계약서를 쓰도록 해요."

둘은 다시 지하에서 나와 거실로 나갔다. 권산이 가볍게 지명훈의 어깨를 두드리며 말했다.

"이제 파트너가 되었으니 서로 편하게 이야기합시다."

"그럴까요?"

서로 나이를 공개하자 우연인지 동갑이었다.

"앞으로 잘해보자고. 필요한 연구 자금은 따로 요청해."

"그래, 잘 부탁한다."

권산과 지명훈은 힘차게 서로의 손을 맞잡았다.

10장
우주 도시

　서울 강남에서 가장 유명한 레스토랑이라면 청담동의 넥타르(Nectar)를 꼽는다. 미슐랭 3성급의 30년 경력의 유명한 쉐프가 운영하는 곳으로 가히 신들의 만찬을 즐긴다 하여 국내 난다 긴다 하는 재벌가가 단골로 찾는 곳이다.

　권산과 차슬아는 그 입구에서 정장의 매무새를 매만지며 누군가를 기다리고 있었다. 늘씬한 비서 차림의 여성이 나와 레스토랑에서 가장 전망이 좋은 VVIP 룸으로 안내했다.

　"오, 어서 오시게."

　강렬한 인상의 반백의 중년인이 일어서며 둘을 맞았다. 그의 옆에는 미나가 씽긋 웃으며 권산을 바라보고 있었다.

"처음 뵙겠습니다. 권산입니다."

"처음 뵈어요. 차슬아예요. 통일한국 재계를 이끄시는 이 총수님, 생각보다 굉장히 젊으시네요."

진성그룹 이재룡 총수는 세월이 만든 주름을 따라 껄껄 웃음 지었다.

"길드 마스터가 유쾌한 젊은 아가씨라더니 틀림이 없구려. 자, 자리에 앉으시게."

이재룡은 권산이 자리에 앉는 동안 그를 유독 뚫어지게 바라보았다.

"권산 헌터 이야기는 미나에게 많이 들었다오. 귀에 못이 박히도록 최고의 실력자라 주변에서 말을 많이 하기에 내가 '미나의 레이드'를 다 보지 않았겠소. 역시 명불허전이더군."

"그렇게 말씀해 주시니 감사합니다."

"아아, 겸손할 것 없소. 그런데 권 헌터는 단순히 강력한 이 능력을 각성한 것뿐만 아니라 동양 무술에 그것을 접목하고 있는 것으로 보이던데, 혹시 사문이 있소?"

그때 레스토랑에서 애피타이저를 내와서 잠시 뜸을 들이다가 권산이 입을 열었다.

"인연이 닿아 중국의 이광문 스승에게 10년간 사사했습니다. 자랑할 만한 실력은 못 됩니다."

"오! 이광문이라면 중국 무술의 일인자로 유명한 사람인데 대단하구려."

이광문은 대외적으로 그렇게 알려진 인물은 아니었지만, 재계의 정보통을 수없이 접하는 이재룡에게는 그리 낯선 이름이 아니었다.

이러저러한 한담이 오가고 본격적으로 식사가 시작되었다. 과연 요리는 훌륭했고, 혀에 닿으면 녹는 듯 환상적인 맛이었다.

"사실 두 분을 이렇게 모신 것은 그동안 내 딸을 잘 보살펴 준 데 대한 나름의 감사를 하고 싶어서이고, 미나가 드디어 진성그룹의 후계자 중 하나로서 제법 인지도를 쌓았다고 판단했기 때문이라오."

눈치가 빠른 차슬아가 스테이크 한 조각을 삼키더니 급히 되물었다.

"그럼 이제 이미나 씨는 헌터 업계에서는 볼 수 없는 건가요? 계열사 하나를 맡기시는 거예요?"

"하하, 직설적인 질문이오만, 반은 맞고 반은 틀렸소. 이제 현무 길드를 떠나 경영을 하러 들어오는 것은 맞지만 계열사는 아니오. 아직 진성그룹에 없는 신생 기업을 맡을 테니까."

'신생 기업?'

지켜보던 미나가 권산을 지그시 응시하며 입을 열었다.

"일종의 우주 산업체예요. 설명하자면 복잡한데 그동안 진성그룹의 계열사들이 이 시대에 우주 산업의 비즈니스로서 성공할 수 있을지 다각도로 검토했고, 여러 가지 수익 모델을 찾아냈어요. 이제 적기가 되었다고 보는 거죠."

지켜보던 이재룡이 미나의 말을 받았다.

"언론에는 알려지지 않은 내용이네만, 사실 이 사람의 헛된 꿈 때문이기도 하지. 처를 방사능 병으로 먼저 보내고 나는 오염된 지표면이 아닌 지구 정지궤도에 우주 도시를 건설해서 인류가 살아가게 하면 어떨까 하는 꿈에 꾸었네. 내 꿈 탓에 자식들이 모두 우주 관련 전공을 공부하기까지 했지. 여기 막내딸만 해도 대학에서 우주 생물학을 전공했다네. 그렇지만 아무리 내가 꿈을 이루고 싶다 해도 기본적으로 큰 기업체의 총수라는 사람이고, 수지 타산이 맞지 않는 일은 벌일 수가 없어. 그래서 오랜 기간 천문학적인 자금과 우주 도시의 건설 연구물을 모아왔고, 이게 실현 가능하며 수익 모델로서도 기능한 시점이 되었기에 일을 벌이는 것이지."

권산은 거시적으로는 자신과 비슷한 꿈을 꾸는 이재룡을 보며 강한 동질감을 느꼈다. 통일한국 재계에 가장 큰 어른인 그가 아이와 같은 꿈을 꾸는 것을 보며 신선한 충격도 함께 받았다.

"외람되지만, 몹시 흥미로운 이야기군요. 좀 더 자세히 들을 수 있겠습니까?"

이재룡은 막 들어온 디저트와 후식 음료를 마시고 천천히 입을 떼었다.

"우주 도시 건설에는 굉장히 다양한 신소재가 필요해. 지표와는 건축 방식이 완전히 다르기 때문이지. 나는 괴수 산업에 대해 다양한 데이터로 라이브러리를 만들며 연구한 결과 괴수의 사체가 충분히 건축물의 신소재 역할을 대체해 줄 수 있다고 판단했네. 물론 유능한 연구소 친구들도 그렇게 말하더군. 그리고 우주 도시의 첫 단추라 할 수 있는 우주 엘리베이터의 핵심 소재인 궤도 와이어 역시 괴수의 사체를 통해 해결할 수 있었지. 10년 전에 A급 괴수 무찰린다에게 200명의 헌터 원정대가 괴멸된 사건을 기억할 거야. 겨우 살아 돌아온 헌터가 무찰린다의 피부 조직 일부를 가져왔는데 운이 좋게도 힘줄 조직이 섞여 있더군. 그 힘줄 조직을 세포배양해서 약간의 가공을 거치니 탄소나노튜브(Cabon Nanotube)처럼 강철의 100배에 이르는 강도에 세포조직답게 결합력도 우수하고 필요한 만큼 굵게 증식이 되는 신소재가 되더라 이 말이야. 이 소재를 이용하면 정지궤도로 건축 자재와 인력을 올릴 수 있는 우주 엘리베이터도 충분히 가능하지. 과거와 같이 우주 운반체를 이용해서 건축 자재를 나르다가는 수십 배의 돈이 들어도 부족할 것이네만 우주 엘리베이터만 있으면 모든 일이 수월해지지."

실로 어마어마한 스케일의 계획이었다. 더구나 범인도 아닌 이재룡 총수가 하는 말이니 그 실행력에 있어서도 틀림없는 일이었다.

'정말 가까운 미래에 우주 도시가 생기겠구나.'

미나가 두 손을 가지런히 모으고 권산과 차슬아를 번갈아 응시했다.

"권산 오빠나 슬아 씨에게도 부탁이 있어요. 신생 기업에 대한 대강의 준비는 됐지만 몇 가지 핵심적인 문제가 아직 남아 있어요. 정말로 쓸 만한 신소재는 A급 괴수에게 얻을 수 있어요. 한데 A급 괴수를 사냥한 사례는 극히 드물죠. 무찰린다의 척추뼈 같은 경우도 우주 엘리베이터 건설에 필수 자재이지만 아직 제대로 된 샘플 하나 얻지 못했어요. 결국 접근 금지 구역인 Y130 섹터를 최소 1번은 공략할 필요가 있어요. 그래서 말인데, 언제고 그곳을 공략할 준비를 현무 길드 차원에서 해주셨으면 해요. 때가 되면 국내의 모든 헌터들을 긁어모아서라도 진성그룹에서 레이드를 지원할게요."

차슬아는 안색이 하얗게 질렸다.

바로 몇 달 전만 해도 길드 문을 닫네 마네 하던 처지에서 헌터들의 지옥이라 불리는 Y130 섹터 공략이라니. 권산은 완전히 얼어붙은 차슬아를 보고 천천히 입을 열었다.

"어차피 죽었다 깨어나도 현무 길드의 힘으로는 도전할 수 없으니 그곳을 공략하기 위한 준비 조사 정도로 이해할게."

권산은 끓어오르는 희열을 감추기 어려웠다. 접근 금지 구역의 공략은 권산 자신의 계획 때문을 위해서라도 해야만 하는 목표였는데 이렇게 진성그룹과 뜻이 일치하니 일이 쉽게 풀릴 것 같다는 생각이 들었다.

"자, 권산 오빠에게 가장 먼저 명함을 줄게요."

미나는 권산에게 황금빛 명함 한 장을 내밀었다.

[이미나]
진성 우주 산업(Jinsung Space Industry) 사장
나노그 프로젝트 오너(Nanog Project Owner)

우주 도시의 이름은 '나노그'로 명명될 모양이다. 처음 보는 단어에 의아했지만 미나가 바로 설명을 덧붙였다.

"영국 켈트족 전설에 나오는 '불사(不死)의 땅'이라는 뜻이에요."

모임이 끝날 무렵, 일정이 바쁜 이재룡 총수가 먼저 자리를 떴다.

권산과 차슬아 역시 식사를 끝내고 레스토랑을 나섰다. 미나가 배웅을 나와 권산의 귀에 대고 살짝 귓속말을 건넸다.

"헌터 생활에 지치면 언제든지 말해요. 회사에 이사 자리 하나는 항상 비워둘 테니까요. 종종 연락할게요."

권산이 희미하게 웃으며 작은 목소리로 대답했다.

"마음만 받을게. 아직은 이쪽 일이 좋아."

작별 인사 후 미나가 들어가고 권산과 차슬아가 사라지자 레스토랑의 입구에서 3성 장군복을 입은 장년인 하나가 권산이 사라진 골목을 뚫어지게 바라보고 있었다.

"권산 소령, 드디어 찾았군."

박돈학 중장.

권산이 특수부대를 지휘하며 사냥한 괴수의 모든 이윤의 대부분이 그의 뒷주머니에 들어갔을 정도로 지독히도 권산을 이용한 그였다. 권산이 전역한 뒤로도 자신의 밑에 두고 오래도록 이용하려 했지만, 그가 번개처럼 잠적하는 바람에 허탕만 치고 말았다. 그러한 원한(?)이 있는 권산을 우연인지 필연인지 단골인 청담동 레스토랑에서 마주친 것이다.

"부관, 따라가 봐. 최대한 거리 두고."

박돈학은 비릿하게 미소를 지었다. 결국 권산이 자신의 밑에 오게 될 것이라 확신하는 그였다.

다음 날.

박돈학 중장은 부관의 보고를 받았다. 손에 들린 보고서에는 권산이 헌터가 되어 나타난 이후부터의 행적이 기록되어 있었다. 부관은 박돈학이 서류를 읽는 동안 구두 보고를 시작했다.

"권산 소령이 소문대로 그렇게 뛰어난 감각을 가졌다면 미행이 발각될 확률이 크기 때문에 둘이 갈라지자 동행한 여자를 쫓았습니다. 종로에 소재한 현무 길드라는 곳까지 미행했고, 그 정보를 토대로 헌터관리국에 현무 길드에 소속된 모든 헌터 정보를 요청했습니다. 보시는 바대로 권산 소령의 정보를 찾아낼 수 있었습니다."

모든 헌터는 기본적으로 레이드가 끝난 후 길드를 통해 헌터관리국에 사냥 기록을 보내야 한다. 그러므로 권산의 소재를 알게 된 이상 헌터 이력을 들춰보는 건 문제도 아니었다.

"짧은 시간에 꽤 화려한 생활을 했군그래. 벌써 헌터 등급도 최상급으로 랭크되었군."

[권산]
연령: 27
이능: 육체 강화
육체: 100
정신: 95
장비: 90

종합 등급: 최상급

"예, 헌터관리국 말로도 상당히 이례적인 판단이었다고 합니다. 최근 같은 최상급인 사준혁과의 결투에서 승리한 게 가장 주효하게 반영된 것으로 보입니다."

박돈학 중장이 비릿하게 웃었다.

"최상급 이능력자도 발라 버릴 무술 실력이라니, 정말 믿기지가 않는군. 역시 최고의 사냥개다워. 민간인 신분인 권산을 꼬드기려면 역시 나도 주는 게 있어야겠지? 뭘 주면 될까, 부관?"

부관은 그 역시 준비해 온 것이 있는지 망설이지 않고 대답했다.

"군은 통일한국 내 최고의 권력 기관입니다. 지금의 권산 소령이라면 강압이나 돈으로는 어렵고 그의 욕구를 건드릴 만한 권력을 쥐어주는 게 좋지 않겠습니까? 복무 시절에도 지휘관으로서 권력의 단맛을 제법 봤을 테니 말입니다."

박돈학은 흡족한 미소를 지었다. 민간인 신분이라도 군에서 임명이 가능한 자리는 많았다. 그가 가진 결정권 내라면 얼마든지 재량을 발휘할 수 있었다.

"권산 밑에 있던 특수부대 말이야. 그 777부대라고 했던가? 급조한 부대치고는 꽤 괜찮았지, 아마? 부부대장으로 있던 강철중 대위가 아직 수방사 쪽에 복무하고 있을 거야. 내 명령서를 가져가 전달하고 권산을 찾아가 보라고 해. 그 강골이라면 권산에게 쫄지 않고 일을 잘 해결할 수 있을 거야."

"알겠습니다. 충성."

*   *   *

미나와 제임스가 공식적으로 길드를 탈퇴하자 현무 알파에는 몇 가지 변화가 찾아왔다. 때문에 민지혜가 전달할 사항이 많은지 직접 아지트로 찾아왔다.

"이번 레이드 영상 자료 봤어요. 고생 많으셨어요. 사준혁은 최근에 어디로 잠적했는지 잠수 타고 있다더라고요. 시원하게 잘 혼내주셨어요. 방송이 나간 뒤로 헌터들이 우리 길드에 물밀듯이 밀려와 엄청나게 많이 가입했는데 모르시죠?"

"잘된 일이네."

"이게 다 권산 헌터님이 오고 난 뒤로 벌어진 일이라 차슬아 마스터는 이제 권산 헌터님 탈퇴하면 밥도 안 먹는다고 선언했다고요. 제가 온 이유는 이거예요."

민지혜가 뿔테 안경을 치켜세우며 서류 하나를 내밀었다. 서류에는 80명에 달하는 헌터들의 이름과 특기 등의 신상 명세가 차례로 나열되어 있었다.

"이번 신입들을 받아서 길드는 파티를 10개로 운영할 계획이에요. 현무 알파에서 현무 카파까지요. 지금 현무 알파는 두 명의 탈퇴로 4인 파티로 줄어들었기 때문에 인원 보충이 필요할 것으로 보여요. 여기 명단 중에 마음에 드는 분을 지목하시면 우선순위를 드릴게요."

권산은 명단을 쭉 훑어보고는 몇 사람을 지목했다.

"여기 이 세 사람으로 해줘."

"금속 육체 이능 상급자, 전격 생성 상급자, 기절 유도 상급자라… 꽤 괜찮은 조합이 나오겠네요. 3명 더 뽑으실 수 있는데 상관없으세요?"

권산은 고개를 가로저었다.

"통제할 수 있는 만큼이 좋아. 너무 많아도 손발이 안 맞거든. 상급만 추려서 미안하군."

"현무 알파가 우리 간판인데요. 마스터도 이해할 거예요. 또 해결할 일이 하나 있는데요. '미나의 레이드'는 이미나 헌터의 탈퇴로 더 이상 촬영이 불가능하다고 방송국에 통보했는데 방송국의 담당 PD가 '가면 검사의 레이드'로 이름을 바꿔서 재계약을 하는 게 어떠냐는 의사를 보내왔어요. 권산 헌터님의 출연료도 이미나 헌터가 받던 스타급으로 약속했고요. 어떻게 하실 건지?"

미나의 레이드는 이미 방송 역사의 한 획을 긋는 리얼 버라이어티 프로그램으로 자리매김했다. 몇 회 방송하지도 않았는데 국민들이 보인 폭발적인 호응에 여타 방송사들도 아류작 격인 레이드 프로그램을 만들어 방영 예정 광고를 마구 때리고 있는 중이었다. 담당 PD로서 원조 프로그램을 종영하기 아쉬운 것은 당연했다.

권산은 방송사에서 입금된 출연료를 상기했다. 그저 소정의 출연료를 받았음에도 회당 1천만 원이 입금된 것을 생각하면 스타급이라면 회당 1억 이상도 가능할 것이다. 그러나 굳이 가면까지 써가며 신분 노출을 꺼린 권산에겐 썩 내키지 않는 선택지였다.

"방송은 이제 됐어. 길드와의 2차 계약 때문에 해왔지만, 나를 메인으로 한 프로그램 진행은 거부할게."

"그럼 하는 수 없네요. 일단 길드 입장에서는 재정적으로나 홍보로나 몹시 도움이 되었거든요. 현무 베타 쪽에 촬영 의사를 물을게요. 그쪽 PD와는 그렇게 이야기하고, 저는 길드에 일이 있어서 먼저 일어날게요. 길드 규모가 많이 커져서 조만간 다른 건물로 이사 갈 테니 그때나 한번 와주세요. 이제 엄연히 길드 규모 10위권의 중견 길드라고요."

민지혜는 손을 흔들고 길드로 돌아갔다.

11장
이어도기지

　권산은 김포 크래프트에 들러 특수 검을 주문했다. 괴수를 찌르면 혈조를 타고 괴수의 세포조직이 검 내부 공간에 밀봉되는 구조로 라독 샘플을 채취하기 위한 도구이다.

　지명훈의 연구에는 고등급 괴수의 라독이 필수지만, 그렇다고 라독 전부가 필요한 것은 아니다. 소정의 샘플만을 채취하고 나머지는 매각할 생각이다.

　"이데아, 라독 채취가 필요한 괴수 위치를 파악해 줘."

　—범용의 자료에서는 확인되지 않아요. 이런 경우에는 저도 파악할 수 없어요. 확률이 높진 않지만 추정 위치라도 알려

드릴까요?

"아니야, 됐어. 잠시만."

권산은 미나에게 전화를 걸었다. 수화 음이 3번 정도 갔을까, 미나의 목소리가 들렸다.

—웬일이래? 오빠가 먼저 연락을 다 하고.

"오랜만이야. 회사 일은 잘하고 있지?"

—순조롭죠. 조만간 지구기지(Earthport)가 지리산 쪽에 착공될 예정이에요. 그동안 엄청 준비 많이 했으니까. 그런데 무슨 일이야?

권산은 잠시 뜸을 들였다. 아무래도 부탁하는 입장이라 껄끄러웠다.

"일전에 보여준 진성그룹의 괴수 데이터베이스에 접속할 수 있을까? 레이드에 좀 필요해서."

—그 정도야, 뭐. 오케이. 웹 정보와 아이디, 비번 보낼 테니 그걸로 두고두고 써요. 내 선에서 그 정도는 해줄 수 있어요. 그런데 오는 게 있으면 가는 게 있는 게 인지상정인 건 알죠?

"뭘 해주면 될까?"

미나는 통화 너머로 뭔가 얄궂은 표정을 짓고 있는 게 분명했다.

—조만간 나 독일로 출장 가는데 시간 되면 동행해요. 구경도 좀 하고.

"왠지 시간이 안 될 것 같은데."

—에이, 어차피 눈 오면 대평원 레이드 종치는 거 다 아는데. 하여간 출장 전에 연락할게요. 바이바이.

통화 종료 후에 미나에게 진성그룹 괴수 라이브러리(JML)의 접속 아이디와 비밀번호가 전송되어 왔다. 왠지 괜한 일을 벌인 것만 같은 권산이다.

이데아에게 명령하여 웹으로 접속하자 목록의 괴수들 위치가 맵으로 표현되어 나타났다. 모두 통일한국 남서쪽에 분포하여 인천 관문에서 출발하자면 500~600㎞에 이르는 지역으로 장거리 레이드가 될 듯했다.

'괴수 하나를 처리하자고 왕복으로 1,000㎞를 벌쳐로 운행할 순 없어. 가까운 다른 관문을 이용해야 돼.'

맵을 조작하자 남부 헌터들이 애용하는 목포 관문이 보였다. 사실 가깝다면 제주도가 더 가까웠으나 본토 장벽 범위 바깥에 위치하여 지금은 괴수 천지가 된 지 오래였다. 군에서 모든 민간인의 철수를 진행하여 지금으로선 목포 관문이 통일한국에서는 최남단의 출구였다.

'일단 저쪽을 통과해서 대평원에 나간다고 해도 특수 검으로 밀봉한 괴수의 라독을 매 건마다 관문으로 반입하는 건 너무 리스크가 커. 적당한 장소에 모아뒀다가 한 번에 반입하는 게 유리하다.'

그런 권산의 눈에 제주도 서남쪽에 과거 이어도로 불리는 암초 지대가 들어왔다. 핵전쟁 전에 이어도 과학 기지가 있던 위치이다.

'구조물이 조금이라도 남아 있다면 쓸 만할 것 같은데.'

권산은 위성사진을 최대한 확대했다. 헬기 착륙장은 붕괴하여 파괴된 것으로 보였지만 금속 구조물이 상당수 남아 있었다. 연구실이나 창고, 숙박 시설 등 쓸 만한 곳은 남아 있는 것으로 보였다. 특히 이어도는 접근 금지 구역인 Y130 구역에 도달하는 동선의 중간쯤 위치하여 중간 보급기지로서 역할을 할 수 있다면 미래 가치도 충분해 보였다.

지명훈에게 연락하여 계획을 설명하고, 특수 검에 밀봉된 라독 세포를 냉동 보존 할 수 있는 방법을 물었다. 모든 괴수를 사냥하자면 몇 개월이 걸릴지 알 수 없기 때문이다.

─연구소에서 쓰는 포터블 냉동기 하나를 가져다줄게.

지명훈이 직접 방문하여 큰 하드케이스 가방 하나를 내려놓았다.

"세포를 괴사시키지 않고 보존할 수 있는 가방인데 전력이 2개월간 유지되니 그 안에 모든 라독을 모아서 가져와야 해."

"2개월이라… 어차피 그쯤이면 겨울이 오니 그 안에 끝내야 하는 건 마찬가지군."

지명훈이 가방을 열어 사용법을 설명하고는 물었다.

"이 가방은 냄새 분자를 완벽하게 차폐하지 못해. 아무래도 라독이 얼어 있으면 냄새가 거의 안 나겠지만 그래도 관문에서 안 걸릴 거라고는 확신하지 못하겠어."

권산이 쓰게 웃었다.

"그 문제는 아직 고민 중이야. 내가 해결할 테니 걱정 마."

관문이 안 된다면 장벽을 직접 넘는 방법도 있었다. 장벽의 높이만 50미터에 이르지만 이 집에 같이 사는 김요한 교수만 해도 브로커의 도움으로 넘어가지 않았는가.

지명훈이 떠나자 권산은 현무 알파를 소집했다. 설악산 레이드 이후 휴식을 취하고 있는 서의지, 백민주, 봉진기, 그리고 새롭게 합류한 장규철, 전명희, 홍은기였다. 신입 세 명은 모두 26세로 어디 가서도 대우받는 실력자인 상급 헌터였다.

[장규철]

연령: 26

이능: 금속 육체(청동)

육체: 90

정신: 75

장비: 85

종합 등급: 상급

[전명희]

연령: 26

이능: 전격 생성

육체: 80

정신: 92

장비: 90

종합 등급: 상급

[홍은기]

연령: 26

이능: 기절 유도

육체: 77

정신: 88

장비: 88

종합 등급: 상급

　모두 서로 통성명을 하고 나이에 따라 호칭을 정했다. 백민주가 24살로 가장 어리고, 서의지와 봉진기가 25살로 동갑이었다. 그 위에 새로 들어온 상급 헌터 세 명이 26살이니 뭔가 굴러온 돌이 박힌 돌을 밀어내는 느낌이다. 나이에 맞게 등급도 높으니 뭐라고 하기도 그랬지만.

"반갑다. 권산이다. 방송을 보고 왔다면 내가 어떤 사람인지 알고 있을 테니 자기소개는 생략하지."

장규철이 대표로 엄지손가락을 척 올렸다.

"전 강한 남자가 좋습니다. 사준혁을 박살 내는 것을 보고 꼭 한 번 만나보고 싶어 현무 길드에 가입했습니다. 잘 부탁합니다."

"나도 잘 부탁한다."

키가 권산과 비슷한 190㎝가 넘는 장신에 온몸이 근육질로 뒤덮인 장규철은 짧게 자른 머리가 인상적인 장한이었다.

전명희는 은빛의 머리카락이 인상적인 수척한 인상의 미녀였는데 눈빛이 몹시 매서웠다.

홍은기는 보는 게 안쓰러울 만큼 마른 체구의 남자로 저런 몸으로 이 바닥에서 상급에 올랐다는 게 이상하게 느껴졌으나 정신계 이능력자이니 그럴 수도 있는 일이었다.

"일단 제법 짭짤한 비공식 의뢰를 받았다. 모두 렌즈 화면을 보도록."

[비공식 의뢰 6건]
의뢰자: 불명
의뢰 내용: 6종 괴수의 사체 부위 수집
보상액: 1건당 2억 원

세부 내용: C급 진공두꺼비의 혓바닥, C급 육수몽키의 뇌, C급 분열달팽이의 진액, C급 녹각순록의 뿔, B급 블러드로키의 송곳니, B급 투명악어의 가죽

레이드 경험이 많은 장규철이 진중한 음색으로 물었다.

"특정 사체 부위만 의뢰인에게 넘기고 나머지 라독이나 사체 다른 부위는 우리 쪽에서 처리한다고 치면 꽤 짭짤한 건이 맞기는 한 것 같습니다만 괴수들의 등급이 너무 높지 않습니까? 우리는 7인 파티밖에는 안 되는데요."

전명희 역시 메마른 어조로 장규철의 말을 받았다.

"모두 단독 상태라 급수에 비해서는 상대적으로 쉽지만, 그래도 B급을 7명이 사냥하기에는 무리이지 않을까요?"

통상 B급을 사냥하기 위해서는 20인 이상의 파티가 집단 사냥을 하는 것이 통념이었다. 둘의 말은 당연히 일리가 있었다.

그러나 권산은 특수부대 시절, 혹은 칼날코브라 레이드 시 단독으로도 B급을 사냥한 경험이 있었다. 따라서 요점은 얼마나 많은 수의 헌터가 필요하냐가 아니라 두꺼운 갑각을 뚫고 치명타를 입힐 만큼 대미지를 줄 수 있느냐는 것이었다.

"내 생각은 달라. 철저하게 준비한 뒤 괴수의 약점을 집중적으로 공략하면 우리 정도의 규모로도 가능해. 더구나 저

괴수들은 해부도가 모두 공개되어 있어. 한번 손발을 맞춰보자고."

장규철과 전명희가 고개를 끄덕였다. 누가 뭐래도 이 파티의 리더이자 최상급 헌터는 권산인 것이다. 방송을 통해 접한 권산의 에너지 계열 공격력은 가공할 지경이었고, 그런 헌터가 B급 괴수의 갑각을 뚫지 못할 리 없었다.

권산은 목표 괴수들의 위치와 남부의 목포 관문을 통해 대평원에 나간다는 점, 이어도 과학 기지를 중간 기지로 삼아 레이드 완료 시까지 그곳에서 야영을 하게 된다는 점을 알려주었다.

"장기간 레이드이기 때문에 각자 준비할 물건이 많을 거야. 3일 뒤에 이곳에서 다시 모이도록 하자."

파티원들은 소파에서 일어나 각자의 길로 흩어졌다. 성공만 한다면 총 300억 원짜리 레이드이니 설레는 마음만큼 준비는 철저히 해야 했다.

*   *   *

권산은 저무는 석양을 등지고 아지트 밖의 숲을 응시했다. 100년 전이었다면 더 푸르렀을 숲이 지금은 환경에 적응한 강한 종만이 살아남아 소수의 개체만이 보이고 있었다. 태양은 예나 지금이나 영원불변의 모습인데 지구는 인간이 살아가기 척박해지고 있었다. 그것을 초래한 것 또한 인간이라 자업자득이라 할 만했다. 파멸에 이른 조상들의 선택이 원망스러울 뿐이다.

인구는 줄어가고 파괴된 문명은 다시는 볼 수 없다. 동아시아와 서유럽 일부 국가만이 소위 청정 지역이라고는 하지만 그건 괴수가 출몰하는 방사능 지대에 비해 상대적으로 그렇다는 뜻이지 절대 생명체에게 무해한 환경으로서 청정하다는 뜻은 아니었다. 시시때때로 민간인 지대에 출몰하는 괴수 문제는 아직도 현재진행형이었다.

권산은 숲에서 불어오는 스산한 바람에서 미약한 기름 냄새를 맡았다. 익숙한 느낌이다. 총기를 다루던 군인에겐 잊을 수 없는 향수이기도 했다.

"날 죽일 게 아니라면 그만 나오지."

"역시 그 감각은 여전하시군요."

숲에서 위장복을 입은 건장한 군인이 라이플의 총구를 아래로 깔며 나타났다. 위장 크림을 꼼꼼히 발라 얼굴은 알아볼 수 없었으나 185㎝에 이르는 건장한 체형만 봐도 권산은 그가 누군지 바로 알아챘다.

"강철중 대위, 누가 보냈지?"

"명령 때문에 왔습니다. 그가 소령님의 행방을 정확히 알더군요."

"박 중장이로군."

"잘 좀 숨지 그러셨습니까?"

"들어가서 이야기하지. 민간인들이 있으니 총 집어넣고."

둘이 거실로 들어가자 TV를 보며 키득거리던 한별이 깜짝
놀라 소파 뒤로 숨었다. 체구도 큰 데다 위장 크림까지 바른
낯선 군인이 무서운 것이다. 권산이 손짓하자 안심하곤 아버
지가 있는 2층으로 달려갔다.

"자, 앉지."

"예."

강철중은 권산의 전역 후부터 지금까지의 경과에 대해 간
략히 보고했다. 777특수부대가 어떻게 해체되었으며, 특수부
대의 존재에 대해 함구하도록 강제로 전역시킨 부대원은 누구
이고, 현재 소수의 부대원만이 여러 부대로 흩어져서 복무 중
이라는 사실에 대해서였다.

"그렇군. 박 중장이 여러 사람의 입을 막느라 수고했군."

"지금은 박돈학 중장이 살아 있는 실세이기 때문에 과거에
그가 벌인 범법 행위에 대해서는 상부에서도 유야무야 중이
지만, 괴수를 사냥한 특수부대가 있었다는 건 이미 군에서는
다 퍼져 있는 사실입니다. 지금 박 중장이 제게 명령한 것은
특수부대의 복원, 권산 소령님의 복귀입니다."

권산은 미간을 찡그러뜨리며 입을 열었다. 과거에 그렇게 이용해 먹더니 아직도 미련을 버리지 못한 박돈학에 대해 더욱 실망감이 든 것이다.

　"나는 병역의 의무를 다했다. 아무리 박돈학이라도 민간인 신분인 나를 이래라저래라 할 수는 없어. 그는 그렇게 단순한 자가 아니야. 추가로 지시한 것이 있을 텐데."

　"물론입니다. 박 중장은 민간인에게도 군에서 임명할 수 있는 여러 자리가 많으니 권 소령님이 제시하는 자리는 무조건 수용해 주겠다는 입장입니다. 또 특수부대를 재건하고 그 지휘관으로 임명하겠다는 것도 포함입니다. 비공식이긴 하겠지만요. 또 괴수를 사냥하며 얻는 이득의 총 2할을 주겠다고 했습니다."

　권산은 실소가 절로 머금어졌다. 헌터 일을 하며 이쪽에서 헌터에게 9할 이상의 이윤 배분이 이루어지는 것을 경험한 그다. 박돈학의 욕심은 정말 대책이 없었다.

　'외국의 암시장에 라독을 팔면 정부 공식 매입가의 2배 이상을 받을 텐데도 욕심이 많군.'

　권산은 되지도 않는 거래 조건을 거절하려고 입을 열다가 머릿속을 찰나지간에 스치는 하나의 생각 때문에 멈칫하며 입을 닫았다.

　'이거 잘만 하면……'

권산은 턱을 쓰다듬으며 생각을 정리했다. 박돈학은 그를 이용하기 위해 다가왔지만 이번에는 권산이 그를 이용할 차례였다.

"몇 가지 조건을 수용하면 그의 제안을 받아들이겠어."

"말씀하십시오."

"첫째, 이득의 3할은 내가, 2할은 부대원들이 나눈다. 박 중장의 몫은 5할이다. 둘째, 과거에는 B급 괴수 위주로 사냥했지만 이제는 A급 괴수 위주로 사냥한다. 이를 위해 각종 현대식 병기와 공군을 지원받는다. 부대 운영과 보급품에 대한 비용 일체는 박 중장이 부담한다. 셋째, 부대원 편제와 구성에 대한 모든 권한을 내가 갖는다. 넷째, 나를 이어도 과학 기지의 연구소장으로 임명하고 과학 기지를 복구하여 사냥의 전초기지로 삼는다. 다섯째, 777부대는 연구소 경비 병력의 명목으로 기지에 파견한다. 이상이다."

강철중은 권산의 조건을 메모하고 어딘가로 전화를 걸었다. 한참을 통화한 뒤 환한 표정으로 전화를 끊었다.

"부관이 박 중장에게 보고했고, 제안을 수용하겠다고 알려왔습니다. 다만 탄약류 이상의 무기는 지원 불가입니다."

권산도 예견한 부분이다. 불법 사냥을 하는데 국가 전략 무기들을 마구 쓰면 꼬리가 밟힐 우려가 컸다. 박돈학도 군부에 적이 없는 것이 아니었다.

"강철중 대위가 앞으로 수고해 줘. 현재 복무 중인 부대원 모아주고, 쓸 만한 대원들을 1백 명 한도로 뽑아줘. 또 제3전투비행단에 있는 진광 대위를 부대에 끌어들여 줘. 육상전대는 강철중 대위가 맡고 비행전대는 그에게 맡길 참이니까."

"그 공군의 미치광이 말입니까? 꼭 그를 쓰셔야겠습니까?"

"그의 조종술 덕분에 목숨 부지한 게 몇 번이나 되잖나. 꼭 데려오도록 해. 그에게 공군 쪽 대원을 30명 정도 뽑으라고 전달하고. 아 참, 이어도기지에 서바이벌 컨테이너를 2개 정도 이틀 내로 운송해 둬. 내가 미리 답사를 가볼 생각이니."

강철중이 떠나고 권산은 과거의 악연이 다시금 찾아온 것역시 운명임을 직감했다. 박돈학과의 인연의 끈은 아직 끝나지 않은 것이다. 그 끝에 무엇이 기다릴지는 현재로선 아무것도 알 수 없었다.

'박돈학, 나를 다시 찾은 걸 크게 후회하는 날이 올 것이다.'

3일 뒤.

현무 알파의 벌쳐 7대는 내륙을 통해 이동한 뒤 목포 관문을 거쳐 대평원으로 나갔다. 보급품을 가득 싣고 무려 330㎞를 주파하는 동안 군집 생활을 하는 몇 종의 괴수 떼를 만났으나 적극적으로 레이드는 하지 않고 회피하며 5시간 만에 목적지에 도달할 수 있었다. 권산이 벌쳐의 후미에 설치한 지뢰 포설기는 괴수의 추격을 몇 번이나 저지시키며 유용하게 쓰였다.

"여기로군."

과거 이곳에 존재한 이어도 과학 기지의 지지 철골이 암초 방향으로 넘어져 암초라 불리던 산 정상에 시설물들이 마구 흩어져 있었다. 가까이 정찰을 하니 연구실이나 숙박 시설은 완전히 박살이 났고, 창고 정도는 건질 만했다. 그리고 녹이 슬어 팍 삭은 시설물과는 달리 깨끗한 외관의 컨테이너 박스 2개가 정상에 나란히 설치되어 있었다.

서의지가 가까이 다가가 컨테이너에 쓰여 있는 문구를 읽었다.

"통일한국 육군, 서바이벌 컨테이너. 이게 왜 여기 있지? 권산 형님은 아세요?"

권산이 고개를 끄덕였다.

"육군 쪽에 인맥이 있어. 내가 요구한 날짜까지 잘 가져다 놨군."

서의지가 감탄한 얼굴로 두 손을 모으며 말했다.

"와, 진짜 인맥 짱이시네요. 근데 이거 어디에 쓰는 거예요?"

헌터들은 군대에 가지 않기 때문에 군용품의 용도에 대해 잘 몰랐다. 권산은 컨테이너 두 개의 문을 열고 안에서 물품들을 꺼내기 시작했다.

바리케이드, 태양광 패널, 야전 조리대, 야전 화장실, 식수통, 전투 식량함 등등.

"해가 지기 전에 좀 움직이자. 서의지는 괴수가 오는지 정찰하고 나머지는 이걸 조립해야 돼."

권산은 컨테이너에서 빼낸 물건들을 하나하나 조립하기 시작했다. 태양광 패널과 식수통은 지붕 위로 올렸고, 바리케이드로 산 정상을 원형으로 둘러싼 장벽을 만들었다. 이어도기지의 녹슨 금속들을 최대한 뜯어내 보강하니 제법 견고한 벽이 완성되었다. 300평가량의 공간이 마치 성벽에 둘러싸여 요새처럼 변모했다.

물건이 완전히 빠져나온 컨테이너에는 야영이 가능한 야전 침대와 소파, 테이블 등이 남아 거주 공간으로 변모했다. 권산은 백민주와 전명희가 하나의 컨테이너를 쓰고 나머지는 남자끼리 쓰도록 했다. 일부 인원의 투덜거림이 들렸으나 컨테이너의 소유권이 권산에게 있는 관계로 가볍게 무시되었다.

벌쳐를 장벽을 따라 규칙적인 간격으로 배치하고 생물체 감지 레이더에 뭔가 감지되면 컨테이너에 경보가 울리도록 신호체계를 연동했다.

모두가 하루 종일 계속된 노동에 지쳐서 곯아떨어지자 권산은 불침번을 자처하고 1번 컨테이너 지붕의 망루로 올라갔다. 어차피 괴수가 근접한다면 경보가 울리겠지만 괴수의 육체 구조에 따라 감지가 안 될 가능성도 무시할 수 없었다.

하늘에는 둥근 만월이 떠 있고 조명 하나 없는 이어도기지 덕에 하늘의 별이 총총히 선명했다. 그중에 붉게 빛나는 점 하나가 눈에 띄었다. 바로 화성이다.

'정말 저곳에 미국인들이 이주했다면 지금쯤 어떻게 살고 있을까? 그곳의 인류는 얼마나 다른 삶을 살고 있을까?'

한동안 감상에 빠져 있던 권산은 바스락거리는 소음에 벌떡 일어나며 중검을 겨누었다. 누군가 컨테이너의 망루로 올라왔다.

"민주?"

"저예요, 권산 오빠."

가벼운 차림에 모포로 몸을 감싼 백민주가 커피가 담긴 텀블러 하나를 내밀었다. 한 모금 마시자 적당한 온도에 원두의 쌉쌀한 맛이 잘 어우러져 맛이 좋았다.

"커피 블렌딩 솜씨가 아주 좋군. 따로 배우거나 했어?"

"제가 그쪽에 취미가 있거든요. 나중에 돈 모아서 카페 하나 차릴 거예요. 이름 하여 '힐링카페' 어때요?"

권산은 이야기가 길어질 듯하자 망루의 백민주가 앉을 수 있도록 공간을 내주었다.

"아픈 사람 치유도 해주고 커피도 팔고, 뭐 그런 건가?"

"맞아요. 은퇴하면 오라는 병원은 많은데 별로 가고 싶지가 않아요. 저한텐 카페가 제격이죠."

"좋은 꿈이야."

권산은 커피 한 모금을 더 마시고 그 맛을 음미했다. 잘 알지는 못했으나 취미로 보기에는 훌륭한 솜씨였다.

"제가 이능력자나 일반인이나 여러 번 치유해 보니, 그 뭐랄까, 약간 느낌이 다르더라고요. 일반인이 훨씬 치유가 잘 먹힌다고나 할까. 그래서 말인데, 한 가지 물어봐도 될까요?"

권산의 안색이 딱딱하게 굳었다. 이런 방식으로 이능력자를 걸러내는 수가 있는지 몰랐던 것이다. 권산은 천천히 고개를 끄덕였다.

"혹시 이능력이… 없으세요? 그동안 쭉 봐온 제가 이렇게 멍청한 질문을 해서 죄송하지만 꼭 좀 확인했으면 해서요."

권산은 백민주의 두 눈을 지그시 응시했다. 이능력이 없는 헌터라는 건 그에게는 꼭 숨겨야 할 비밀이었다. 일단 헌터법에 의해 괴수 사냥은 이능력자에 한정되는 것이 통일한국의 법률이었다.

그러다 문득 피식 웃음이 나왔다. 이미 박돈학 중장과 손을 잡기로 하여 불법에 깊숙이 발을 들여놓은 판국에 동료들에게 비밀이 노출되는 게 그리 큰일일까 하는 생각도 들었다. 어찌 되었든 모든 공식 문서에는 이능력자로 등록도 되어 있고.

"맞아. 내게 이능력은 없어. 이렇게 밝히게 되는군."

"역시 그랬구나. 그럼 그 엄청난 몸놀림이나 에너지 분출 기술은 어떻게 된 거죠?"

권산은 짤막하게 중국 무술의 기공을 익혔다고 설명했다. 허무맹랑한 이야기라고 하기엔 이미 본 것이 있으니 백민주는 수긍할 수밖에 없었다.

"그렇군요. 그럼 저와 꼭 해봐야 하는 게 있어요."

백민주는 권산에게 자신의 이능력인 치유의 효과에 대해 설명했다. 부상을 입은 사람에게는 치료 광선이 그야말로 치료 효과가 있지만 부상이 없는 사람에게 치료 광선을 쏘면 그게 또 다른 효과를 가져온다는 것이다. 바로 신체의 근력 및 민첩성이 증가하는 버프 효과였다.

"저 말고 다른 치유계 이능력자 중에 이런 효과를 만들어냈다는 건 들어본 적 없어요. 그런데 제가 몇 번 시도를 해보니 이 효과는 이능력자에게는 발현되지 않더군요. 일반인에게 우연히 시험해 봤을 때 최대 2배까지 신체 능력이 향상되는 것 같았어요."

권산은 내심 놀라지 않을 수 없었다. 한 사람의 신체 능력이 3배가 향상된다면 단순히 2명분의 효과가 아니라 4명분 이상의 전투력 증대를 기대해 볼 수 있다. 갑각이 단단한 괴수를 예로 들자면 약한 공격 2번보다는 강한 공격 1번이 더 유효한 이유와 같았다.

"사실이라면 큰 도움이 되겠군. 내려가서 시험해 보자."

둘은 컨테이너 앞으로 내려왔고, 먼저 권산이 바위를 들어 올리거나 짧은 거리를 왕복하며 시간을 체크했다.

"이데아, 테스트 기록 체크해 줘."

—네, 기록했어요.

권산이 턱으로 신호를 보내자 백민주는 치료 광선을 권산에게 쏘아 보냈다. 평소의 치료 광선보다 훨씬 길고 많은 양을 보냈고, 피부에 흰 광채가 스며들자 확실히 온몸에 끓어오르는 활력이 느껴졌다. 다시금 바위를 들어 올리고 거리 왕복 테스를 하자 이데아가 결과치를 알려왔다.

—초기값 대비 근력 3배, 속도 3배가 증가되었어요.

놀라운 결과였다. 가속도와 같은 변수를 빼면 100미터를 12초에 뛰는 사람이 백민주의 버프를 받고 나면 4초에 뛸 수 있다는 말이었다. 또 50kg의 역기를 드는 사람은 150kg의 역기를 들 수 있었다. 그렇게 1분이 경과하자 버프 효과가 사라지며 다시 본래의 몸 상태로 돌아왔다.

"정말 놀라워. 내 경우는 신체 능력이 3배 증가되는군. 한 번 더 해보자."

백민주는 고개를 가로저었다. 그녀의 경험상 이 버프는 하루에 한 번을 넘어서면 효과를 보지 못했다. 어떤 이유에서인지는 모르지만 인체가 과부하 걸리는 것을 막으려는 신체의 작용 정도로 이해하고 있었다.

"하루에 한 번만 가능해요. 그래도 한 번 더 해볼게요."

다시 치료 광선이 권산의 몸을 감싸왔지만, 과연 그녀의 말 대로 더 이상의 효과는 발생하지 않았다. 권산은 백민주의 버프를 시의 적절하게 사용하면 엄청난 효과가 있을 것이라 직감했다.

"내가 어떻게 일반인이면서 헌터 일을 할 수 있었는지는 차후에 설명할게. 그때까지 파티원들에게는 비밀로 해줬으면 좋겠어."

백민주는 잠시 생각에 잠기더니 불쑥 입을 열었다.

"음, 맨입으로는 힘들고요, 다음에 은퇴하고 카페 차리면 꼭 단골로 와주세요. 아예 눌러 사셔도 좋고요."

"그럴게. 피곤할 테니 들어가 자."

별이 총총한 밤이었다.

다음 날.

권산은 1번 룸에 모인 일행에게 브리핑을 했다.

"우리가 목표로 한 괴수들은 이어도기지에서 반경 50㎞ 안쪽에 모두 서식하고 있는 것으로 파악하고 있어. 두 명씩 짝을 지어 한 대의 벌처에 탑승해서 정찰하자."

권산은 이능력을 봐서 상성이 좋은 멤버들끼리 짝을 지어 주었다. 장규철과 백민주가 1조, 서의지와 전명희가 2조, 봉진기와 홍은기가 3조이다. 권산은 짝이 맞지 않는 관계로 홀로 정찰하기로 했다.

"해가 지기 전에는 반드시 기지로 돌아오고, 1시간 단위로 현재 위치를 공유해 줘."

4대의 벌쳐가 이어도기지를 나섰다. 3대의 벌쳐가 제 갈 길을 가자 권산은 홀로 남쪽 방향으로 길을 잡았다. C급이나 B급 괴수 정도의 정찰은 파티원들을 믿어도 충분했다. 벌쳐의 속력을 따라오는 괴수는 정말로 드물기 때문에 방심하지만 않으면 안심해도 되었다.

'접근 금지 구역에 가보자.'

권산은 벌쳐의 전면 HUD(Head-up Displays)에 접근 금지 구역까지 이르는 최단 루트의 맵을 띄웠다. 유리에 경로가 중첩되며 표시되자 시원하게 액셀을 밟았다.

부아아앙!

오키나와까지는 600km가 넘지만 Y130 섹터의 초입인 300km만 들어가도 접근 금지 구역으로 구분된다. 그 경계는 미궁 평원이라 불리는 광대한 저지대 구간이었다. 장애물도 많고 바위산도 제법 있어서 일단 저지대에 들어서고 나면 탈출하고자 해도 미로처럼 갇히는 효과가 생긴다.

권산은 3시간가량 남쪽으로 주행했고, 별다른 괴수의 추격 없이 미궁 평원의 초입에 도착했다. 해발고도가 300미터 이상 급격히 낮아지며 바위 장애물과 협곡이 만든 미로가 광대한 영역을 드러냈다. 이 구간을 뚫고 지나가야만 진정한 접근 금지 구역에 다가갈 수 있었다. 위성 지도와 GPS가 존재하는 이상 그렇게 어려운 일은 아니었으나 괴수에게 추격을 당한다고 가정하면 원정대는 필연적으로 미로에서 뿔뿔이 흩어져 모두 죽음을 피할 수 없었다.

권산은 미궁 평원 전체를 훑어보다가 일단의 뭉게구름이 엄청난 속도로 미로를 빠져나와 고지대로 향하는 비탈을 타고 오르는 것을 목격했다. 권산이 있는 곳과도 그다지 멀지 않았다. 게다가 그 먼지구름 뒤로 빠른 속도로 따라붙고 있는 직립보행 도마뱀 무리가 보였다.

권산은 기공을 일으켜 안력을 강화했고, 1.5미터의 신장에 머리에 날카로운 뿔이 돋아난 D급의 용각랩터를 식별해 낼 수 있었다.

'용각랩터 무리에 쫓기는군. 어림잡아도 30마리는 되어 보이는데.'

쫓기는 형상은 두 대의 벌쳐로 그중 한 대가 어딘가 고장이 났는지 점점 속도가 느려지고 있었다.

권산은 서둘러 벌쳐에 탑승했다. 그대로 놔두면 저 벌쳐의 헌터는 용각랩터의 한 끼 식사로 전락할 것이 확실해 보였다. 권산이 용각랩터 무리의 옆으로 다가가자 주의가 분산된 랩터 무리의 절반이 떨어져 나와 권산을 쫓았다. 랩터의 직선 주행 속도는 200㎞/h에 달하기 때문에 권산은 최대한 지그재그로 벌쳐를 몰아가며 쉴 새 없이 지뢰를 땅에 뿌렸다.

쿠앙! 쾅!

후미에서 근접 신관이 작동한 지뢰가 폭발하기를 여러 번, 어디 한구석이 잘려 나간 랩터들이 추격을 포기하자 권산은 다시 도망가던 벌쳐 두 대를 바라보았다.

선두의 벌쳐는 후미 벌쳐가 뒤처지는 것을 눈치챘는지 다시 돌아오고 있었다. 후미의 벌쳐가 마침내 움직임을 멈추자 캐노피가 열리며 흰색 보호복의 여자가 튀어나와 용각랩터에 장검을 휘둘렀다.

흉골에 칼이 박힌 랩터가 비명을 지르며 쓰러지자 다른 랩터가 그 시체를 밟고 날렵하게 달려들었다. 여자는 제법 검술을 익힌 듯 쉴 새 없이 검을 휘둘렀으나 랩터의 이빨에 걸려 검로가 흐트러지더니 절체절명의 순간을 맞이했다.

그때 선두의 벌쳐가 적절하게 도착했고, 벌쳐에서는 흑색의 보호복을 입은 장신의 여자가 날렵하게 뛰쳐나와 랩터를 향해 찢어지는 듯한 귀곡성을 질렀다.

"꺄아아악!"

인간의 목에서 나오는 소리라고는 믿기 힘든 성량의 고음이 터지자 벌쳐의 유리 벽을 뚫고 권산의 귀에까지 들려왔다. 그야말로 혼신을 다해 귀를 틀어막고 싶을 지경이다. 랩터 무리는 두뇌에 충격을 받은 듯 제대로 중심도 못 잡고 비칠거렸고, 검은 옷의 여자는 흰 옷 여자를 부축하여 자신의 벌쳐에 태우려 했다. 둘의 등이 무방비로 노출되자 정신을 차린 랩터 두 마리가 날카로운 이빨을 들이댔다.

'당하겠군.'

권산이 달리는 벌쳐의 캐노피를 열어젖히고 브레이크를 밟자 그 탄력으로 온몸이 포탄처럼 쏘아져 나갔다. 권산은 그 관성을 이용해 랩터 두 마리의 목을 원앙각으로 후려갈겼다.

우두둑!

강렬한 발경이 일어나 랩터들의 목이 단숨에 90도로 꺾이며 목뼈가 부러져 나갔다. 그 틈에 두 여자가 벌쳐에 탑승했고, 권산은 간단한 수신호로 탈출 루트를 손으로 가리킨 후 천천히 굴러오는 벌쳐에 몸을 실었다.

급하게 액셀을 밟아 가속하자 간신히 랩터 무리를 따돌릴 수 있었다. 두 대의 벌쳐는 북쪽 방면으로 끝없이 달려갔다. 두 명의 여자는 탑승한 벌쳐의 유리 너머로 꾸벅 고개를 숙였다. 권산의 도움에 감사를 표하는 것이리라.

"저는 미즈하라 하루, 이쪽은 제 동생인 미즈하라 유키입니다. 목숨을 빚졌군요."

검은 보호복을 입은 장신의 여성이 권산에게 머리를 숙이며 인사를 했다. 흰 옷에 귀여운 외모의 여성도 다시 한번 고개를 숙였다.

"권산입니다. 통일한국에서 왔습니다. 일본의 헌터이십니까?"

미즈하라 자매는 권산의 능숙한 일본어에 깜짝 놀라며 여러 차례 고개를 끄덕이며 화답했다.

"발음이 아주 좋으시네요. 우리는 일본의 헌터가 맞습니다. Y130 섹터 정찰 중에 용각랩터에게 포위된 데다 벌처까지 고장 나서 위험했는데 정말 큰 도움을 주셨습니다."

권산은 둘을 돌아보며 의아한 점을 물었다.

"그런데 이곳은 접근 금지 구역이라 불리는 위험한 곳인데 어째서 자매분만 레이드를 하시는지? 혹시 일행분이 따로 있으십니까?"

미즈하라 하루는 고개를 저었다.

"우리는 둘이서만 움직이고 있어요. 우리는 헌터이기는 하지만 정보 쪽 일을 주로 해요. 저는 초음파 성대를 이식받은 것 말고는 별다른 능력도 없고 동생은 이능력이 있긴 하지만 '헬륨 생성'이라는 비전투 계열의 능력인지라 도저히 전투를 치를 수 없거든요. Y130 섹터는 일본 쪽에서도 불모지에 가까울 정도로 정보가 없는 지역이라 이곳의 지형이나 괴수 서식지 정보는 꽤 돈이 됩니다. 또 한국과는 다르게 일본 쪽 법으로는 접근 금지 구역도 아니고요."

권산은 얼핏 과거 일본 생활을 할 당시 일본의 헌터 세계에 대해 들은 기억이 났다. 한국은 이능력자에 한정하여 헌터업에 종사할 수 있지만 일본은 이능력자는 물론 전투에 사용 가능한 인공 신체를 이식받은 사람도 헌터 일을 할 수 있다고 들었다. 사이보그 기술이 가장 발달한 나라답게 개조 인간에 대한 우대 의식이 깔려 있는 것이다. 심지어 중국 같은 경우는 이능력자이고 일반인이고 간에 국가에 신고를 하고 세금만 내면 무조건 헌터 일을 할 수 있는 등 국가마다 법률의 차이는 조금씩 있었다.

'그 엄청난 귀곡성은 기계 장치였는가.'

하루의 비명은 전설로 회자되는 음공이 저럴까 싶을 정도의 파괴력이 있었다. 결정적인 타격은 못 주지만 사냥이나 퇴각에 참 유용한 능력으로 보였다. 유키의 능력인 헬륨 생성 역시 비전투 계열의 이능력이었지만, 만성적인 자원난에 시달리는 인류의 입장에서 보자면 지구에 희귀한 원소로 분류되는 헬륨 생성도 쓸모가 없다고는 할 수 없었다.

권산은 가볍게 작별 인사를 하고 떠나려다가 유키의 허리에 매인 검에 눈길이 갔다. 전형적인 일본도의 모양을 하고 있었으나 검막과 손잡이가 왠지 모르게 익숙한 느낌이 들었다.

"실례가 안 된다면 검을 잠깐 볼 수 있을까요?"

"제 검이요?"

유키가 고개를 갸웃했으나 검을 뽑아 권산에게 두 손으로 건네주었다. 권산은 조심히 검을 받아 검의 형상과 기운을 느꼈다.

"무라사키가의 선대가 만든 라이키리 명검이군요. 귀한 검 잘 봤습니다."

유키는 깜짝 놀랐다. 가문의 보검을 투박한 검집과 손잡이로 감추고 있는데 단숨에 꿰뚫어 볼 줄 몰랐던 것이다.

"어, 어떻게 아신 거죠?"

"라이키리 명검은 두 자루가 제작되었는데 그중에 다른 쪽 검을 본 적이 있습니다. 제 지인의 검이지요."

유키는 권산의 손을 덥석 잡았다.

"맞아요. 라이키리는 두 자루예요. 이 검은 어머니께서 결혼하실 때 미즈하라 가문에 가져오셨어요. 남은 한 자루는 사토 가문에 남아 있고요. 혹시 사토 외백부님과 아는 사이세요? 언젠가 백부께서 한국의 무도가에 대해 말씀하시는 걸 들었는데 혹시 2년 전쯤 일본에 오셨었나요?"

폭풍처럼 쏟아지는 빠른 어투에 일본어에 능숙한 권산도

군데군데 말을 놓치고 말았다. 대강 뜻은 파악했기에 천천히 고개를 끄덕였다.

'사토 켄신, 그 양반도 입이 가볍군.'

"사토 백부님의 친우이시니 우리에게도 어른이세요."

하루와 유키는 다시 한번 공손하게 허리를 숙였다. 나이 차이도 많지 않은데 자꾸 어른 대접을 해주니 민망한 마음이 들었다.

"이러지 마십시오."

미즈하라 하루가 허리를 더욱 숙이며 말했다.

"말씀 편하게 하세요. 사토 백부님의 체면이 달려 있으니 은인께서 하대하지 않으면 허리를 펼 수가 없습니다."

권산은 마지못해 고개를 끄덕일 수밖에 없었다.

"그럴게. 계속 이렇게 있을 수는 없고, 몇 시간만 지나면 일 몰 시간이야. 기회가 되면 나중에 또 연락하자."

권산은 둘과 연락처를 나누고 다시 벌쳐에 올랐다. 하루는 벌쳐에 오른 권산에게 USB 디스크 하나를 건네주었다.

"그동안 Y130 섹터를 정찰하며 만든 지도 정보예요. 도움이 되실 거예요."

권산은 USB를 건네받고 머쓱하여 뒷머리를 긁적였다. 목숨 걸고 수집한 높은 가치가 있는 정보일 텐데 사토 켄신과의 인맥으로 이렇게 쉽게 넘겨받게 되니 미안한 마음이 들었다.

"내가 더 신세를 지네. 다음에 꼭 신세를 갚지. 이제 어디로 갈 거야?"

"나가사키 전진기지가 가장 가까워요. 돌아가서 백부님에게 권산 헌터님 이야기 꼭 할게요."

권산은 손을 흔들어주고 벌쳐를 몰아 이어도로 방향을 잡았다. 늦은 출발이었던지라 해가 떨어지기 전에 겨우 기지로 돌아올 수 있었다.

12장
폭풍 사냥

한 달간의 정찰로 정보가 모아지자 현무 알파는 1번 컨테이너에 모여 토론에 들어갔다.

먼저 장규철과 백민주의 정찰조가 앞으로 나왔다. 말수가 적은 장규철 대신에 백민주가 자신의 WC를 통해 촬영해 온 영상을 증강 현실을 조작하여 파티원들에게 공유했다. 그러자 한쪽 벽의 화이트 스크린에 화면이 올라왔다. 화이트 스크린은 그저 하얀색 판지에 불과했으나 모두가 증강 현실 렌즈를 착용하고 있기 때문에 각자의 렌즈에 촬영 화면을 띄우고 그 투영 객체를 화이트 스크린으로 잡으면 마치 TV를 보는 것과 비슷한 효과가 난다.

"우리는 서쪽의 습지를 정찰했어요. 강기슭을 돌면서 며칠을 헤매었는데 놀랍게도 진공두꺼비와 분열달팽이를 동시에 발견하게 되었죠. 한번 영상을 보시죠."

렌즈 화면을 그저 WC의 메모리에 저장한 것이라 화질이 그다지 좋지 않았으나 저 멀리 물이 가득 차오른 습지의 수풀을 뚫고 5미터 크기의 진공두꺼비와 10미터 크기의 분열달팽이가 나타나는 것을 발견한 수 있었다.

두 마리의 거대 괴수는 돌연변이 민물거북이나 맹독성 뱀 따위의 습지 동물을 마구 잡아먹다가 일정 거리를 두고 멈췄다. 진공두꺼비의 입에서 뭔가 희끗하며 어른거리자 분열달팽이의 몸이 순식간에 두 쪽이 나며 쩌억 갈라졌다.

"저런!"

영상은 무음으로 녹화되었기 때문에 백민주가 설명을 곁들었다.

"진공두꺼비의 혓바닥 공격은 그 이름대로 진공 폭발음을 일으킬 만큼 굉장했어요. 한 번 발출된 혓바닥이 돌돌 말려 회수되는 데 시간이 오래 걸리는 것만 빼면 혓바닥의 절삭력 레벨은 B급 수준이라고 해도 믿을 수 있을 것 같아요. 그런데 사실 정말 놀라운 점은 바로 저 분열달팽이의 갈라진 몸체에 있어요."

영상은 분열달팽이의 갈라진 단면으로 확대되었다.

내장 기관이 정확히 세로로 절반씩 갈렸고, 그것의 갈라진 단면에서 꾸물꾸물 세포가 늘어나더니 내장이 금세 복구되며 남은 피부조직이 이동하여 두 마리의 조금 더 작은 분열달팽이가 생겨났다. 분열달팽이들은 꼬리 쪽 조직을 성큼 떼어두고는 습지의 각기 다른 쪽 방면으로 사라졌다. 진공두꺼비는 하나의 조직은 먹어치우고 다른 하나의 조직에 알을 낳았다.

권산이 턱을 쓰다듬으며 말했다.

"공생이로군."

백민주가 손가락을 튕기며 화답했다.

"빙고! 두 괴수는 괴수계의 브로맨스! 습지의 공생 괴수였어요. 일단 브리핑은 여기까지입니다. 저 공생 관계를 잘 파고드는 전략을 짜면 두 마리 모두 별다른 전투 없이도 사냥할 수 있을 것이라 생각합니다."

권산은 뭔가 머릿속에서 그림이 그려지는 듯했다. 그러나 정보가 아직 부족했다.

서의지와 전명희의 정찰조의 차례에는 서의지가 대표로 나왔다. 그 역시 화이트 스크린에 영상 자료를 띄웠다.

"형님, 우린 동쪽의 상록수 밀림 지대를 정찰했어요. 중간중간 이상한 놈들이 자꾸 귀찮게 했는데 명희 누님이 번개로 다 쫓아버렸죠."

영상에는 두꺼운 줄기를 가진 삼림지대가 이어졌고, 그나마 평지였기에 벌쳐가 진입해서 천천히 주행할 수 있었다. 그때 뭔가를 발견했는지 벌쳐가 멈췄고, 서의지와 전명희는 벌쳐에서 내려 주위의 나뭇가지로 빠르게 벌쳐의 동체를 은폐시켰다.

"제 이능력인 시력 강화 덕에 다행스럽게도 괴수가 우리를 발견하기 전에 우리가 먼저 놈을 발견했어요. 어차피 삼림지대에서 벌쳐를 타봐야 도주가 안 되기 때문에 벌쳐를 감추고 명희 누님과 나무 위로 올라갔지요."

서의지의 시야 영상이 계속 이어졌다.

둘이 올라간 나무 아래로 전장이 10m가 넘는 핏빛 피부를 가진 거대 늑대가 날카로운 송곳니를 드러내며 녹각순록을 물고 나타났다. 털이라고는 전혀 없는 시뻘건 피부를 보니 어째서 블러드로키로 명명되었는지 알 만했다.

복부가 찢어발겨진 녹각순록의 몸에서 흘러나온 피가 블러드로키의 턱 밑으로 줄줄 흘러내렸다.

"주목해야 할 점은 녹각순록의 몸에서 나오는 피예요."

피는 적녹색의 색상에 강산성을 띠고 있는지 땅에 떨어지자 연기를 내며 나뭇잎을 태우고 땅으로 스며들고 있었다. 그러나 블러드로키의 신체에는 전혀 장애를 주지 못했다.

"공개된 정보에도 녹각순록의 피는 산성이 강해 사냥에 주의를 요한다고 나와 있어요. 그런데 블러드로키에게는 전혀 피해를 주지 못하는 걸 보니 본래 둘은 천적 관계에 있는 것 같아요."

권산은 삼림지대 뒤로 자취를 감춘 블러드로키의 모습을 상기하며 고민에 빠졌다.

'천적이라… 녹각순록을 먼저 사냥하면 그걸로 저 핏빛 늑대를 유인할 수 있겠군.'

"사실 엄청 무서웠는데 명희 누님을 믿고 우린 그 늑대의 뒤를 쫓았어요."

영상은 계속 이어졌다.

블러드로키는 상록수 숲의 가장 깊숙한 곳까지 들어갔고, 그곳에는 혼탁한 수면에 동물의 뼈가 엄청나게 쌓여 있는 늪지가 자리하고 있었다.

블러드로키는 녹각순록의 사체를 그 늪으로 던져 넣었다. 오염된 물은 피로 인해 더욱 붉게 물들었고, 번져가는 핏물 사이로 투명한 뭔가가 아른거리다가 5미터 크기의 순록을 한 입에 집어삼켰다.

"원거리에서 기록된 영상이라 해상도가 떨어지기는 하는데 저 늪에서 순록을 잡아먹은 괴수는 피부가 위장색이거나 투명한 몸체를 가진 것으로 보입니다. 추정컨대 그 크기로 보아 우리가 찾던 투명악어가 아닌가 싶어요."

권산은 예상치 못한 블러드로키의 행동에 의아함을 감출 수 없었다. 괴수가 먹이를 다른 괴수에게 양보하다니. 군집 생활을 하는 같은 동종도 아니고 뭔가 상당히 목적이 있어 보이지 않는가?

'블러드로키가 대체 왜 먹이를 투명악어에게 던져준 거지?'

권산이 속으로 생각한 의문을 백민주도 똑같이 느꼈는지 서의지에게 질문했지만, 서의지는 본인도 모르겠다고 고개를 저었다.

세 번째 조에서는 홍은기가 앞으로 나왔다. 그는 여러 사람들 앞에 나서서 이야기하는 게 익숙하지 않는지 몸을 덜덜 떨었으나 그래도 할 말을 놓치지 않았다.

"다행히 우리 조가 육수몽키를 발견했습니다, 대장. 북쪽의 활엽수 지대였어요. 우, 우리가 본 바로는 붉은 바위산 전체를 한 마리의 육수몽키가 장악했더랬습니다."

영상에는 여섯 개의 팔을 가진 2미터 크기의 원숭이가 날렵하게 바위산을 뛰어다니며 가공할 민첩성으로 자신보다 더 큰 괴수들을 때려잡는 장면이 나왔다.

'C급치고는 몸체가 작군.'

육수몽키의 팔은 가늘고 질긴 여러 가닥의 근육이 비비 꼬아진 형상으로 몹시도 근력이 강해 보였다. 여섯 개의 돌주먹은 수 초 만에도 수십 번의 연쇄 공격을 가할 수 있어서 괴수

들은 전혀 반격을 못 하고 난타당해서 육수몽키의 한 끼 식사
가 되고 있었다.

육수몽키는 괴수의 질긴 뱃가죽을 날카로운 이빨로 물어뜯
고 내장을 헤집어 라독을 빼내 잘근잘근 씹어먹었다. 괴수의
식습관까지 탐구하고 싶진 않았지만 상대적으로 몸체가 작은
몽키는 굳이 남아도는 괴수의 살점까지 먹지 않아도 열량 보
충에 문제가 없을 듯했다.

육수몽키가 남기고 간 괴수의 사체는 다른 청소부들에 의
해서 깔끔하게 제거되었고, 그렇게 붉은 바위산의 소란은 끝
이 났다.

브리핑이 끝나자 권산은 곰곰이 생각에 빠졌다. 모두 그렇
게 멀지 않은 구역에 몰려 있어서 그런지 육수몽키를 제외하
고는 서로 간에 공생이나 천적 관계 등 생태 피라미드가 연결
되어 있었다.

투명악어가 있던 늪이 심하게 부패하고 오염된 것은 블러드
로키가 먹이를 사냥해서 밀어 넣은 게 한두 번이 아니라는 뜻
이다. 먹이를 양보했든 독성이 있는 괴수를 강제로 먹여 투명
악어를 죽이려 했든 중요한 것은 블러드로키가 늪에 먹이를
집어넣을 거라는 사실이다.

'뭔가 일이 쉽게 풀릴 징조가 보이는군.'

권산은 대강의 계획을 풀어놓았고, 일행은 박수를 치며 재밌어 했다. 그저 재밌기만 한 게 아니라 가능성이 높았기에 의미가 있는 전략이었다.

홍은기의 벌쳐가 선두를 잡고 나머지 벌쳐를 인솔했다. 붉은 바위산이 나타나자 일행은 적당한 장소에 벌쳐를 엄폐하고 정찰 경험이 있는 홍은기와 봉진기의 뒤를 따라 산을 올랐다.

"저, 저곳입니다. 육수몽키가 자주 출몰하는 구역입니다."

홍은기의 손가락 끝에는 바위 지대가 끝나고 제법 평탄한 대지와 낮은 키의 나무가 듬성듬성 자라난 구역이 있었다.

권산은 수신호로 파티원들에게 사위를 경계하라고 지시하고 홍은기에게 물었다.

"계획을 성공시키려면 네 이능력인 기절 유도가 가장 중요해. 육수몽키를 확실히 기절시킬 수 있겠지?"

"음, C급 괴수까지는 확실히 기절시켜 봤더랬죠. 다만 팔팔한 괴수에게는 잘 안 먹힙니다. 힘을 많이 빼놓아야 문제없이 기절시킬 수 있어요."

잠복하길 30분가량이 경과하자 과연 낮은 나무의 가지를 잡고 몸을 튕기며 육수몽키가 나타났다. 원숭이 특유의 유연함에 6개의 팔을 가지고 나무를 타니 이동속도가 그야말로 번개와 같았다.

육수몽키가 땅으로 내려서는 순간 봉진기가 결계를 걸었다. 육수몽키를 중심으로 반구가 펼쳐지자 권산과 장규철이 안으로 뛰어들었다. 권산은 무라사키 소검을 역수로 쥔 채였고, 장규철은 크게 몸을 펴자 신체의 말단부터 피부와 갑옷 전체가 청동 재질로 변하였다.

"키에엑!"

육수몽키는 흉포한 괴성을 토하며 여섯 개의 팔을 폭풍우처럼 휘둘러 먼저 진입한 권산을 공격했다. 권산은 양팔을 경기공으로 두르고 사준혁과의 대결에서 사용한 철룡벽의 방어 초식을 펼쳤다. 몽키의 6개의 돌주먹을 짧은 찰나에 30여 합 막아낼 수는 있었으나 애초에 철룡벽은 두 팔을 가진 인간을 대적하기 위해 설계된 초식이었다. 결국 방어를 뚫고 몇 개의 주먹질이 몸에 작렬하자 권산은 간신히 경기공을 가슴으로 돌렸으나 갈비뼈가 부러질 것 같은 충격을 받았다.

"크윽!"

"치료 들어갑니다."

백민주의 치료 광선이 스며들자 부상의 고통이 가라앉으며 기력이 돌아왔다. 몽키가 다시 공격해 들어오자 권산은 전면은 장규철에게 맡기고 후면으로 돌아가 소검으로 배후를 공격했다.

"케켁!"

육수몽키는 광분하여 장규철을 수십 번 후려쳤으나 둔탁한 쇳소리만 울려 퍼질 뿐이었다. 전방은 막강한 청동의 내구력으로 무장해 주먹이 통하지 않았고, 후방의 적은 자신만큼이나 민첩한 움직임으로 계속 피부와 근육을 베어내니 몽키는 더는 견디지 못하고 도주를 택했다. 그러다 봉진기가 친 결계에 막혀 탈출에 실패했고, 결국 장규철의 청동 주먹에 수없이 두들겨 맞고 홍은기의 기절 유도에 당해 몸을 축 뻗었다. 장규철은 변신을 풀고 지친 기색으로 팔을 천천히 흔들었다.

"육수몽키 이놈, 참 질기군요."

일행은 기절한 육수몽키를 꽁꽁 묶고 붉은 바위산을 떠났다. 다음에 향한 곳은 서쪽의 습지 지대였다.

예의 진공두꺼비가 분열달팽이의 증식을 돕는 그 순간까지 일행은 수풀 뒤에 숨어 대기하다가 진공두꺼비의 혓바닥이 허공을 가르는 순간 모두 자리에서 벌떡 일어났다.

"지금이야!"

힘이 센 장규철이 기절한 육수몽키를 진공두꺼비를 향해 던지고 육수몽키가 진공두꺼비와 충돌하는 순간 봉진기가 결계를 걸어 두 괴수를 가뒀다.

그러면서 백민주가 육수몽키를 향해 치료 광선을 쓰자 몽키는 그제야 정신이 드는지 엄청난 포효를 내지르며 사방을 향해 팔을 휘둘렀다.

진공두꺼비는 난데없는 인간들의 등장에 정신을 팔았다가 엉뚱한 육수몽키에게 얻어맞으니 그 순간 광분하며 다리와 머리를 휘두르며 육탄 공격을 했다. 가장 치명적인 무기인 혓바닥은 방금 사용했기에 말려오는 중이다. 육수몽키는 진공두꺼비가 공격하자 즉각 반격하며 둘은 피 터지는 싸움을 시작했다.

"이때 분열달팽이를 정리하자."

권산은 결계를 유지하는 봉진기를 제외한 나머지 인원과 힘을 합쳐 분열달팽이의 심장을 터뜨려 제압하는 데 성공했다. 반쪽으로 몸이 나뉜 분열달팽이가 채 내장 기관을 복구하고 체세포를 재조정하기 전에 급습한 것이라 변변한 저항도 받지 않았다. 권산은 일행 몰래 특수 제작한 혈조검으로 라독을 찔렀다가 빼내 품에 숨겼다.

육수몽키와 진공두꺼비의 싸움은 육수몽키의 승리 쪽으로 결론이 나고 있었다. 진공두꺼비의 덩치는 육수몽키에 비할 바 없이 거대했으나 엄청난 속공에 돌주먹을 자랑하는 육수몽키에게 두 눈의 동공이 모두 터져 나가고서야 기세를 잃고 도망치려 했다. 그러나 봉진기의 결계는 여전했고, 그야말로 죽을 때까지 난타당한 뒤 장대한 몸체를 땅에 눕혔다.

쿵!

권산과 장규철은 다시 결계에 진입해 육수몽키를 제압했고, 홍은기가 다시 기절을 유도했다. 죽도록 싸움만 하다가 다시 기절한 육수몽키가 안쓰럽기도 했으나 괴수 사정을 봐주는 헌터는 없는 법이다.

"두꺼비의 숨을 확실하게 끊자고."

권산은 대검을 가져와 두꺼비의 두개골 위에서 대검을 밀어 넣어 두뇌를 파괴했다. 그러면서 또 다른 혈조검으로 라독을 찔러 샘플을 채취했다.

"두꺼비는 라독과 혓바닥, 달팽이는 라독과 피부 진액을 모아줘. 나머지 사체는 어차피 우리가 운반할 수 없어."

일행이 준비한 용기에 사체 부산물을 담자 권산은 길드에 좌표를 송부했다. 민지혜에게 미리 행선지를 밝혔기 때문에 운송은 남부 쪽 업체를 통해 알아서 할 것이다.

백민주는 치료 광선으로 부상을 입은 육수몽키를 조심스럽게 치료했다. 아직 몽키의 효용은 끝나지 않았다. 일행은 마지막 목적지인 동쪽 삼림지대로 벌쳐를 몰아갔다. 서의지가 시력 강화를 하여 짧은 시간 안에 녹각순록을 발견했다. 워낙에 오감이 뛰어난 괴수이기 때문에 선불리 행동했다간 어디론가 사라져 버릴지 몰랐다. 일행은 원거리 공격이 가능한 둘을 바라보았다.

서의지는 라이플을 내려놓고 '폭열황소 탄궁'을 꺼내 들었다. 높은 탄성력에 화살이 아니라 폭발하는 쇠구슬을 날리는 구조로 비밀리에 암습하기에는 라이플보다 훨씬 더 유리했다.

전명희는 양 손바닥을 활짝 펴고 손바닥 간의 간격을 점점 붙여갔다. 손바닥 사이에서는 시각적으로도 선명한 푸른 뇌전이 감돌았고, 손바닥이 마침내 맞부딪치자 한 줄기 푸른 섬광이 녹각순록을 향해 날았다.

번쩍.

녹각순록은 C급 괴수답게 전격과 폭탄 구슬을 맞고도 몸을 이리저리 움직이며 일행을 향해 짓쳐들어왔다.

서의지의 탄궁이 다시 한번 날아갔고, 전명희의 전격이 녹각순록의 머리를 태웠다. 거의 근접한 녹각순록의 머리통에 권산의 주먹이 내리꽂히자 순록은 혀를 빼물며 땅에 몸을 뉘었다.

"계획대로 간다. 일단 뿔을 챙겨."

일행은 녹각순록의 뿔을 챙기고 그 틈에 권산은 혈조검을 배에 찔러 넣어 라독을 채취했다. 산성 피가 검신에 묻어나오자 수차례 땅에 잔혈을 털어내고 나서야 혈조검과 산성 피가 반응하는 것을 멈췄다.

'지독한 피로군.'

권산은 허리춤의 주머니에서 제오늄 금속 분말을 꺼내 순록의 입안과 배의 상처 등 몸체 내부 여기저기에 주입했다.

"끝났다. 모두 철수한다."

수풀 한가운데 덩그러니 녹각순록이 방치되었고, 수 분이 지나지 않아 수풀에서 거대한 음영이 튀어나왔다. 녹각순록의 천적인 블러드로키였다. 뭔가 이상한 느낌이 들었는지 사방을 둘러보았으나 로키의 시야 바깥에 숨어 있는 일행을 발견할 순 없었다. 로키가 순록을 물고 예의 그 투명악어 호수로 가져갔고, 일행은 원거리에서 추격하다가 점점 거리를 좁혔다.

크릉!

블러드로키가 녹각순록을 호수에 던지자 투명악어가 나타나 순록을 받아먹었고, 그 순간 장규철은 블러드로키를 향해 육수몽키를 집어 던졌다. 이후 이어진 결계 생성, 치료 광선의 콤비네이션이 연속으로 몽키에게 펼쳐졌다.

케에에엑!

몽키는 정신을 차리자마자 허공을 날고 있는 자신을 발견했다. 그러다가 간신히 균형을 잡았고, 그 순간 블러드로키의 몸체와 충돌했다. 광분한 로키가 머리를 물어오자 본능적으로 두 개의 팔로 로키의 아래턱을 후려갈겼다.

케켕!

로키가 턱을 휙 돌리더니 앞발을 이용해 반격했고, 본격적으로 둘의 싸움이 시작됐다. 블러드로키는 B급의 괴수답게 피부를 통해 핏빛 분무를 뿜어내며 육수몽키를 압박했고, 몽키는 그 공기를 흡입하자 갑자기 기세가 약해지며 반격도 못하고 일방적으로 당했다.

'블러드 포그! 특수 능력이군.'

권산은 마음이 급했다. C급인 육수몽키가 B급인 블러드로키를 이길 리 만무했다. 투명악어를 처리하는 데 시간이나 많이 끌어주면 다행이었다. 봉진기의 결계 덕에 블러드 포그가 돔에 갇혀 흘러나오지는 않았지만 계속 유지될 수는 없을 터였다.

"명희, 투명악어를 물 밖으로 끌어내."

전명희는 늪을 향해서 혼신의 힘을 다해 전격을 전개했다. 투명악어가 어디에 있든 물을 통해 전도된 전격에 의해 피해를 받을 터였다.

전명희의 전격이 꽤 따가웠는지 투명악어는 물 밖으로 몸을 드러내며 전명희를 향해 헤엄쳐 왔다. 녹각순록의 몸속에 집어넣은 제오늄 독이 슬슬 작용하는지 걸어 나오는 악어의 움직임이 부자연스러워지고 있었다. 물 밖으로 완전히 나온 투명악어의 몸체는 천천히 근처 환경 색상에 물들며 육안으로 잘 식별되지 않았다.

'특수 능력 카모플라쥬로군.'

물으로 나타난 투명악어는 몸체의 길이가 15미터에 육박했다. 악어의 가죽이 빠르게 대지의 색과 동일한 색상으로 물들어가자 권산은 서의지에게 눈짓을 보냈다.

"자! 환상적인 노란색 페인트가 날아갑니다."

투명악어를 사냥하기 위해 사전에 준비해 온 물품이다. 서의지가 끼얹은 노란 페인트 덕에 투명악어의 흐릿하던 윤곽이 선명하게 드러났다.

전명희는 악어의 두 눈 사이로 쉴 새 없이 전격을 쏘아 보냈고, 흘러드는 전류는 두 눈을 관통해서 악어의 뇌를 정신없이 혼란스럽게 만들었다.

"약점을 공략한다."

권산의 음성 명령에 이데아가 알아듣고 투명악어의 약점인 목젖을 증강 현실 화면으로 렌즈에 띄웠다.

사전에 약속한 바대로 권산과 장규철이 악어의 입 쪽으로 뛰어들었고, 위협을 느낀 투명악어가 입을 쩍 벌리자 티타늄 장창이나 무라사키 대검을 지지대로 삼아 마구 위턱과 아래턱 사이에 끼워 넣었다.

장규철은 몸을 청동으로 변화시키고 반대쪽 이빨을 양팔로 붙잡으며 힘겹게 소리쳤다.

"서의지, 발사해!"

서의지는 주먹만큼 큰 구슬 폭탄을 탄궁에 마구 재었다. 속사로 발사한 다섯 발이 악어의 혀를 타고 목젖을 향해 데굴 데굴 굴러갔고, 권산은 티타늄 장창을 놔둔 채 무라사키 대검 만 챙기고 몸을 뺐다.

장규철도 겨우 이빨 하나를 부러뜨리고 사력을 다해 몸을 뒤로 날렸다.

"터진다!"

서의지의 고함과 함께 쿠웅 하는 둔탁한 폭발이 연속으로 일어났다.

어찌나 거죽이 단단한지 폭발은 투명악어의 몸 전체를 들 썩이게 했지만 결국 가죽은 압력을 이겨내고 찢어지지 않았 다.

목젖에서 일어난 폭발은 악어의 몸에서 가장 약한 목 안쪽 피부를 찢고 대뇌를 날려 버렸을 터였다.

강력한 B급 괴수인 투명악어가 생각보다 너무 쉽게 죽어버 리자 일행은 환호하면서도 한편으로는 뭔가 껄끄러웠다.

특히 권산은 블러드로키가 투명악어에게 먹이를 주던 장면 이 떠오르면서 뭔가 있다는 직감이 들었다.

블러드로키는 일행이 투명악어를 잡는 것을 보고는 천지가 찢어져라 포효하면서 육수몽키의 몸을 물어뜯었고, 육수몽키 는 변변히 저항도 못 하고 죽음을 맞이했다.

"더, 더는 못 버텨요. 아아! 결계가 깨집니다."

봉진기가 털썩 주저앉으며 머리를 감싸자 홍은기가 다가와 빠르게 부축하며 뒤로 물러났다.

홍은기는 시뻘건 살기를 흘리는 블러드로키를 향해 기절 유도 이능을 걸었으나 B급인데다가 극도로 흥분을 한 괴수에게는 전혀 먹혀들지 않았다.

이럴 때는 그가 할 수 있는 일이 없었다. 최대한 빨리 물러나서 파티원들에게 방해가 안 되는 게 더 나았다.

장규철이 정면으로 달려들었고, 권산은 뛰어가는 장규철의 뒤에서 몸을 숨긴 채 치명타를 안길 준비를 했다.

전명희의 전격이 로키의 두 눈을 향해 쏘아졌으며, 서의지는 탄궁에 산탄 구슬을 재어 옆구리에 뿌렸다.

백민주는 정신력을 너무 소모한 봉진기에게 치료 광선을 쏘다가 권산의 신호에 맞춰 그에게 치료 광선을 쏘았다.

부상이 없는 권산이기에 버프 효과를 받아 3배의 속도와 3배의 힘을 얻었다.

그 뒤 백민주는 블러드로키의 움직임에 온 정신을 집중했다.

어떤 파티원이 순간적으로 공격당해 저세상으로 갈지 모르니 한발 빠르게 치료 광선을 뿜어야 했다.

"후욱! 하아!"

파괴된 숲.

거친 사내의 숨소리만이 사위를 가득 채웠다.

권산은 피가 뚝뚝 흐르는 대검을 땅에 꽂고 품속의 혈조검을 빼내 블러드로키, 육수몽키, 투명악어의 라독을 채취했다. 가장 마지막까지 발악한 블러드로키와의 전투는 생각도 하기 싫을 만큼 끔찍했다.

거구를 움직이던 믿기 힘든 민첩성, 온몸을 무기로 만드는 탄력과 균형 감각, 그리도 전략적으로 전투를 이끈 지능.

이제껏 권산이 접한 어느 B급 괴수보다도 강력했다.

장규철을 앞발로 깔아뭉갠 로키가 전명희를 급습했고, 서의지가 탄궁을 발사해 저지했으나 도망치던 전명희의 등에 생긴 깊숙한 발톱 자상은 피할 수가 없었다.

백민주가 동시에 치료에 들어갔지만, 블러드로키의 공격은 끝이 아니었다.

서의지는 탄궁을 채 재기 전에 한 바퀴 몸을 돌린 로키의 꼬리에 차여 갈비뼈가 부러졌다.

백민주는 동시에 두 명에게 치료 광선을 쏘았고, 권산은 어쩔 수 없이 후위 공격을 포기하고 전면에서 블러드로키를 막아섰다.

그때부터 눈물겨운 싸움이 벌어졌다.

권산은 검기를 일으켜 로키의 피부를 베어냈지만 치명적이지 않았고, 블러드 포그가 로키의 피부에서 수증기처럼 뿜어지면 호흡을 멈춰야 했기 때문에 검술을 제대로 펼칠 수가 없었다.

 백민주의 버프가 아니었다면 벌써 블러드로키의 한 끼 식사가 되지 않았으리란 보장이 없을 정도였다.

 장규철은 쓰러지면 일어나길 수십 회 반복하고 청동 신체에 금이 갈 지경이 되어서야 블러드로키도 지쳤는지 공격하는 기세가 좀 누그러졌다.

 권산은 그 빈틈을 포착해 장규철의 어깨를 밟고 하늘로 떠올라 동시에 내공증폭벨트를 조작했다.

 '3배 증폭, 후반 2식, 광룡사일로 간다.'

 권산은 대검으로 블러드로키의 약점인 등허리 요추를 향해 초식을 시전했다.

 수백 번의 강렬한 찌르기가 공기를 갈랐고, 허공에 하나둘 검기가 늘어나더니 수백 개의 검광이 다연장 로켓처럼 순차적으로 한 점을 향해 귀일했다.

 송곳처럼 공기를 관통한 10미터 길이의 좁고 날카로운 검기에 블러드로키는 요추와 골반, 복부까지 일시에 뚫리며 엄청난 피 분수를 뿜어내었다.

 캬아아악!

날쌘 몸에 어울리는 로키의 강력한 심장은 그 순간에도 빠르게 뛰었고, 그만큼 출혈이 빠르게 확산되었다. 마침내 괴수를 잠재운 것이다.

마음이 놓였는지 장규철은 뒤로 쿵 하고 넘어져 쓰러져 버렸고, 이능력이 해제되는지 청동의 몸이 점차 사라져 가고 있었다.

권산은 혈맥이 굳어오는 것을 느끼고 호흡이 더 힘들어지기 전에 하려던 일을 마무리했다.

라독을 채취한 혈조검을 품에 챙기자 권산은 더 버티지 못하고 자리에 좌정한 채 운기요상에 들어갔다.

지금 주변을 지켜줄 무력을 가진 이가 없으니 위험천만하긴 하나 일단 응급처치는 해야 했다.

권산이 눈을 떴을 때, 핏기 없는 얼굴로 누워 있는 전명희를 빼고는 모두 그가 눈을 뜨길 기다리고 있었다.

앉아서 기절한 것 같아 다른 일행이 흔들어 깨우려 했으나 백민주가 말렸고, 그건 권산에게 천만다행스러운 일이었다.

그녀에게 기공을 익혔다는 사실을 말한 게 오히려 전화위복이 된 꼴이다.

"내가 짐이 되었군. 괴수 사체에서 챙길 것 챙겼어?"

가장 상태가 멀쩡한 봉진기와 홍은기가 고개를 끄덕이자 권산은 길드에 좌표를 송부했다.

그렇게 일행은 모두 벌쳐를 타고 이어도기지로 복귀했다. 부상으로 인해 벌쳐 운전이 불가능한 전명희와 서의지의 벌쳐는 다른 일행이 견인 와이어를 이용해 끌어왔다. 완전히 기진맥진한 일행은 누가 먼저랄 것도 없이 그대로 서바이벌 컨테이너에서 뻗어버렸다.

"이데아, 너만 믿는다."

─힝! 나만 두고 자려는 거예요? 주인 미워.

그렇게 폭풍 같던 레이드는 끝이 났다.

『헬리오스 나인』 2권에 계속…